言葉が、
想いが、
涙が、

こぼれてしまいそうで、
唇を、強く噛みしめた。

だって今、ここで、
あふれてしまえば、
私、彼を失うかも。

だから、必死に、呑み込むのよ。
そうよ、力を入れて、噛み殺せ。

言葉の、
想いの、
涙の、

代わりに血が、少し、
唇に、滲んだかもね。

痛くないよ。
だって明日も、
彼に会えるもの。

ね？　寂しくない……。

こぼれそうな唇

LiLy

Contents

イラスト　ナオミ・レモン
装丁　藤崎キョーコ

Scene 1 ----------- エミリ

大丈夫なんかじゃなかった、

この数日間のわたしの想いを、

コウちゃんは知らない。

わたしはそれを、伝えない。

会えなくなったら、困るもの。

着信音にしているメロディが聞こえたような気がして、目が覚めた。わたしはガバッと布団をはねのけて起き上がり、寝ているあいだも手に握ったままだった携帯をすぐに確認した。けど、なんだ、空耳か…。声にならないため息を落っことしてから、わたしもまた、枕《まくら》の上に落っこちる。さっき起きた時は明るかった部屋の中は、もう暗い。

雨の音、かな？　パチパチッ、とベランダから、水の弾《はじ》ける音がする。あぁ。ずいぶん前からベランダに置きっぱなしにしてあるスチールチェアの存在を思い出した。雨、降っているんだ。

それにしても、静か…。なんか、死にたくなる…。それくらい、家の中の空気はシンとしていて、人の気配がまったくしない。ママもパパも妹も、まだ帰ってきていないんだ。ベッドの中で、わたしはもう一度、まぶたを閉じる。布団の中で、まだ手から離すことができずにいる携帯は、金曜から、ピクリとも動かない。もう、日曜なのに。週末なんて、大嫌い。

どんなに眠っても拭《ぬぐ》えない、この疲労感はなんなんだろう。心の中も、頭の中も、ぐったりと疲れている。カラダも、ズッシリと重たくて、ベッドに吸い込まれて、重力にそってどこまでもどこまでも、下へ下へ、落ちていってしまいそう。だけど、もう、眠れない。

そっとまぶたを開けて、携帯を顔の近くまでもってくる。メールのボタンに触れると、液晶画面が青白く光る。送信ボックスの一番上の、もう何十回も読み返したメールを、わたしはまた開いた。

To 孝太くん
Sub Re:Re:Re: おやすみ☺

今、ガッコ終わったよん♪
コウちゃんは週末何してるの？

たった2行だし、ハートの絵文字も使ってないし、普通のメールだよね。わたしは、自分に言い聞かせるようにして、また、心の中でつぶやいた。大丈夫だよ、嫌われるようなところは、どこにもないよ。

でも、返事がこないってことはやっぱり、重たいと思われたのかもしれない。付き合っているわけでもないのに、週末の予定を聞いたりしたのがいけなかったのかな。会いたいって、言っているようなものだもの。

質問なんて、しなければよかった。クエスチョンマークさえつけていなければ、また、気軽な感じでわたしからメールすることだってできたのに。質問を無視された上に、またわたしから連絡してしまえば、余計に重たいと思われる。それに、また無視されてしまうかもしれないと思うと、とても怖くて、新しいメールなんてつくれない。

タイトル欄にまだ残る、コウちゃんが打った「おやすみ」後の、スマイルマーク。その絵文字は動いていて、ニコッと微笑《ほほえ》んでから、パカッと口を開けて笑う。何度も、笑う。コウちゃんのアパートからの帰り道、携帯の中にこの笑顔を見つけた時、すごくホッとした。それはたった4日前のことなのに、もうずいぶんと昔のことのように感じる。だって、あの頃と、連絡が途絶えた今とでは、歩いている人生が丸ごと違うみたいなんだもの。

メールが途切れるまで、わたしは、有頂天だった。こんなかっこいい人がわたしを好いてくれるなんてって、夢心地だった。初めてのデートでエッチしちゃったことへの不安を、このスマイルマークは、キレイに消してくれたんだ。だってこれは、コウちゃんがわたしとまた会ってくれる〝印〟に思えたし、このまま、わたしたちは付き合うことになるのかもしれないって、期待していたから。

でも、やっぱり、彼にとってはただの遊びだったのかもしれない…。

あ。プツッと液晶の光が消えて、動いていた笑顔も消えて、目の前が真っ暗になった。あ。ヤバい、くる…。

わたしは顔を枕に押しつけた。うぅっ。声が、漏れてしまう。もっと強く深く、顔を枕に沈める。眠っているあいだにこぼしたヨダレが乾く間もなく、枕が涙で濡《ぬ》れてゆく。息が、苦しくて、どうせなら、とわたしは息を止めてみる。

ベランダのスチールチェアが、バチバチと雨に、叩《たた》かれている。雨、激しくなったみたい。コウちゃんは、今、この雨の中、何をしているんだろう。どこにいるんだろう。ダレと…。週末に連絡がないってことは、もしかして、彼女がいるのかな。でも、先月彼女と別れたばかりだって話をしてくれたし、それが嘘《うそ》だとは思えない。

もしかしたら、ここ数日のあいだに、出会っちゃったのかもしれない。わたしよりも、細くて可《か》愛《わい》い、彼にお似合いの、女の子に…。

う、うぅっ。唇から泣き声が漏れて、その隙間《すきま》から、わたしは息をしてしまった。そしてまた、ふと思ってしまう。あぁ、わたしって、なんで生きているんだろうって。分からなくなるよ。今、ここで息をしているわたしは、たまらなく寂しくて、このままフッと、魔法みたいに消えてしまいたいとさえ、思っちゃうよ。枕とシーツのあいだに両腕を入れて、わたしは枕にギュウッとしがみつく。

あぁっ、うっ、ううっ。自分の泣き声は、わたしを余計に悲しくさせる。誰《だれ》かに、触れたい。誰かに、触れられたい。今はまだ、その誰かがコウちゃんでなくてはいけない理由なんて、本当はまだひとつもないのに、わたしのカラダの皮膚は、もう記憶してしまっている。腕は背中を、指は髪を、唇は唇を…。思い出してしまう、鮮明に、すべての感触、コウちゃんを…。

4日前の夜の記憶が、わたしに錯覚させる。コウちゃんが、恋しい、と。すると、今、目からあふれているこの涙の理由がすべて、コウちゃんだと思ってしまう。本当は、違うのに。家族のこと、大学のこと、将来のこと、そして、自分のコンプレックス…。いろんな苦しみが混じり合って流れている涙なのに、間違えてしまう。コウちゃんが、ここにいないから悲しいんだ、と。

わたしは、思い込んでしまう。あぁ、こんなに泣くほど、彼が、好きなんだって。こんなに苦しくなるほど、彼を、求めているんだって。違うよ、思い込みだよ、そんなのまだ分からないじゃないって、もうひとりのわたしは叫んでいるのに、それでもわたしは、落ちてゆく。下へ下へ。孤独という重力に引かれるようにして、わたしは恋に、落ちてゆく。

ビショビショに濡れた枕カバーが頬《ほお》に心地悪くて、わたしは自分の涙から逃げるようにして仰向《あおむ》けになった。それでも止まらない涙は、目の淵《ふち》から耳へと、流れてく。

ズルイなぁ。暗闇《くらやみ》に慣れてきた視界の中で、天井からまっすぐ垂れさがっている照明のヒモを見つめながら、わたしは悲しく思う。わたしばっかり、好きになっちゃった。わたしからのメールを無視することができるのは、彼がわたしに恋をしていない証拠だもの。たった3日間でも、連絡が取れないこの時間はわたしをこんなにも不安にさせるのに、同じ時間の中を、彼はきっと、平然と過ごしている。そう思うと、ひどく空《むな》しくなる。

何かに、触れたい。わたしは頭の下から枕を引き抜くと、それを胸に抱え、強く抱きしめた。すこし、ほんのすこしだけど、こうしていたほうが、心が落ち着く。

声をかけてきたのはコウちゃんなのに、ズルイよ。だって、わたしのことを好きにならないのなら、あのまま他人のままで、いさせてくれればよかったじゃない。

ベッドの枕元で、携帯の先端がチカチカと点滅して光っていた。期待する気持ちが、心の中で膨れ上がる。思わずベッドから飛び起きて、緊張で震えてしまいそうな指でゆっくりと携帯を開くと、『受信メール　1件』。

お願い、お願い、コウちゃんからのメールでありますように…。

祈るようなキモチで、ゆっくりとボタンを押すと、受信フォルダの一番上に、ずっと待ち焦がれていた名前が表示された。わたしはホッとして、床にヘナヘナと座り込んでしまった。
良かった…。まだ、終わってなかった。本当に良かった…。ほとんど泣きそうな気持ちで、メールを開く。

From 孝太くん
Sub Re:Re:Re: おやすみ☺
わりぃ！　バイト先に携帯置き忘れてた！　明日ヒマ？

どうして、たったこれだけで、こんなにも、こんなにも、救われるんだろう。さっきまでの悲しい涙の跡を、洗い流すようにして、熱い涙が、ポロポロと頬に落ちる。まるで何かの魔法であるかのように、すべての悩みや苦しみから、解き放たれたような気がしてくる。

この恋に、コウちゃんに、
すがるような想いで、わたしは祈る。
神さま、お願い。コウちゃんをください。
わたしを、この寂しさから、たすけて、お願い。

To 孝太くん
Sub Re:Re:Re:Re: おやすみ😀
全然大丈夫だよ😀
明日ヒマ！

大丈夫なんかじゃなかった、この数日間のわたしの想いを、コウちゃんは知らない。わたしはそれを、伝えない。会えなくなったら、困るもの。「大丈夫だよ」の後に入れたのは、わたしの心の中に、ズシリと芽生えた恋の感情を隠すための、スマイルマーク。

口を開けては、ニッコリ動いて、笑っている。

わたしはそれを、泣きながら、見つめている。

Scene 2 ----------• 孝太

自分でつくった
アリバイを忘れるほどに、
俺は浮かれていたのかもしれない。

他の女と、浮気して。

数時間前から、ほとんど鳴りっぱなしのボブ・マーリーがプツッと途切れ、部屋の中が静かになった。数分の静寂の後、ついに鳴りやんだことにホッとして俺《おれ》が布団から顔を出すと、それを合図にしたようなタイミングでまた、イントロから曲が流れ出す。

俺の一番好きな曲、「ノー・ウーマン・ノー・クライ」。でも今は、両手で耳を思い切りふさいでしまいたいほどに、俺はボブの歌声に追い詰められている。

メロディが鳴りやむのを待ってからベッドを出ると、テーブルの上にていねいにたたんであったデニムのポケットから、携帯を取り出した。

着信履歴は、彩、彩、彩……。見るまでもなく分かっていた。でも、〝彩〟で埋め尽くされた画面を見ると、さらに落ち込んだ。もちろん、悪いのは彩じゃなくて、俺。いつだってそうだ。その事実が、余計に俺を追い詰める。

深いため息をこぼしてから、ひどく冷えたフローリングにあぐらをかいて座り、携帯の画面を着信履歴から待ち受けに戻すためにボタンを押した。すると携帯から、「孝太?」と俺を呼ぶ彩の声が聞こえた。

やばい、でちった。一方的に電話を切ることもできないので、俺は口にたまった唾液《だえき》をゴクリと呑《の》み込《こ》み、携帯を静かに耳に当てた。

「もしもし？　聞いてるの?」

ヒステリックな音色を含むその声だけで、もう、俺は彩に責め立てられているように感じて、何を言っていいのか分からなくなる。

「ねぇ、なんで電話でないの？　もしもし、孝太？」

「……ごめん。寝てた。昨日、朝まで飲んでてさ…」

眠そうな声を出してみたけど、嘘《うそ》くさく聞こえたかもしれない。焦った俺は、寝ているあいだにきれいに片づけられていた部屋を見渡して、タバコを探した。

「だって、もう夕方だよ？　学校は？」

「……え、そうなの。あ、じゃあ、サボっちった」

「……マジで」

そう言って黙った彩が何を考えているのか、すぐに分かったので俺は慌てて言った。

「でも、今日は別に行かなくても平気な授業だったんだ。シゲに、代返頼んだし」

「代返って何？」

「あれだよ、出席取る時に代わりに返事しといてもらうの」

「そんなのあるんだ。大学生って、なんなんだろうね」

「……」

嫌味《いやみ》かよ。イラッとする。青いマイルドセブンの箱がライターとセットで出窓の上に置いてあるのを見つけて、俺は立ち上がった。ソフトパックからタバコを1本抜き出しながら、彩に何か言い返してやろうと考えたけど、「あれ？」という彩の声にビビッて何も言えなくなった。

「昨日、シゲくんと飲んでたんじゃないの？　あのシゲくんが、朝まで飲んだ後で大学行くとは思えないんだけど……」

そう、だ。俺はそう、彩に話したんだった。忘れてた。確かにシゲは、酔っ払った翌日の授業に出るような奴《やつ》じゃない。ついこの前も、クラブで飲み過ぎたシゲが次の日の夜まで山手線の中で寝ていたという笑い話をしたばかりだったし、いつも俺は彩の前で、シゲを〝俺よりダメな奴〟に仕立て上げている節があった。

「ねぇ、孝太、なんか怪しいんだけど」

一瞬、頭の中が真っ白になって、携帯を握る手が汗ばんだ。

「もしもし？　孝太？」

タバコを口にくわえ、携帯をもう片方の手に持ち直してから、俺は努めて冷静な声を出した。

「あぁ、ごめん。なんか電波悪りぃな。あ、シゲは単位がやばいんだよ。だからだよ」

「ふ〜ん」と妙に冷めた声を俺に向けてから、誰《だれ》かに話しかけられたのだろう、急によそいきの声で、「あ、すみません。すぐやります」と彩は誰かに謝った。そして、「じゃ、夜中に行くから。バイバイ」と、一方的に俺との電話を切った。

タバコに火をつけて煙を深く吸い込みながら、俺は彩との会話が中断されたことに胸をなで下ろしていた。いつもなら、仕事が忙しいというアピールをされているような、こういう電話の切られ方には腹が立つ。でも、もう少し喋《しゃべ》っていたら、ボロが出そうだった。

シゲと飲む、という自分でつくったアリバイを忘れるほどに、俺は浮かれていたのかもしれない。

他の女と、浮気して。

2週間くらい前に、バイト中に新宿で声をかけた3コ年下の女と、昨日初めて遊んだ。飯食ってからうち来て、エッチした。

女子短大1年の、エミリ。第一印象からして、見た目も性格も彩と正反対なところに興味を引かれたんだけど、実際に一緒にいて、すごくラクだった。なんというか、エミリの目に〝年上の男〟として映っている自分に、俺は安心したんだと思う。無理することなく、張り合うことなく、自然と俺は女の上に立っていた。その心地よさに、驚いたくらいだ。人気スタイリストのアシスタントとしてバリバリ働き始めた彩に対して、俺が感じている劣等感や焦りから、久しぶりに解放されたような安堵感《あんどかん》があったんだと思う。やっぱ俺には、年下のほうが合っているのかもしれない。

短くなったタバコを灰皿でもみ消しながら、中に入っていたはずの大量の吸い殻が捨てられていることに気づいて、俺はちょっと感動した。寝ている俺を残して先に帰っていったエミリは、部屋中をキレイに掃除していってくれた。きちんと整頓《せいとん》された部屋の中で、まだ俺が寝ていたので整えられなかったのだろうベッドだけが、昨夜セックスしたままに乱れている。

俺はベッドに腰かけ、マットレスからはがれて床についているシーツの裾《すそ》に触れた。久しぶりに見た彩以外の女のハダカに、俺は興奮して、抑えられなかった。初デートではエッチしたくない、なんて言いながらはじめは抵抗していたエミリも、すぐに可愛《かわい》い声でよがり始めた。

やべ。思い出すだけで、勃起《ぼっき》しそ。エミリの、手のひらに吸いつくような、しっとりとした白い肌。抱き心地のいい、ぽっちゃりしたカラダ。おっぱい、大きかったよなぁ。

そんなことを考えながらベッドに横になり、スウェットパンツの中に右手を入れて気持ちよくなっていると、ピコピコとマヌケなメール着信音に邪魔された。俺は小さく舌打ちし、もう片方の腕を伸ばして携帯を取った。

エミリからだった。週末は何をしているのか、というだけの短いものだったけど、エミリに対して浮かれていた心が、一瞬にして沈んだのを感じた。メールの中でエミリは俺を、コウちゃんと呼んだ。昨日までは孝太君、と呼んでいたのに、ヤッた途端、これかよ。

俺はスウェットから右手を引き抜くと、そのメールを削除した。ついでに、昨日までにやりとりしたすべてのメールとリダイヤルに残ったエミリの名を、時間をかけてひとつずつ消した。

週末は、カノジョと会うからだ。

「お腹すいたー」

俺がベッドの下に座り込んでDSに熱中していると、彩がベッドの上から曇った声を出した。

「ゲームばっかかされちゃ、つまんないし。もう日曜だよ。どっか行こう?」

彩がベッドから身を乗り出して、俺の肩に後ろから腕を回してきた。

「ねぇ、ってば、孝太! 聞いてんの?」

「あー、もうちょい待って」

彩の腕から逃げるようにして体をずらすと、彩は俺の手からDSを取り上げた。

「おいっ！　やめろって！」

俺はなかば本気で怒っているのに、彩は「いいじゃん、ちょっと見せてよ」と笑ってDSを持ったまま俺に背を向けた。

「途中で消えたらどうすんだよ！」

ベッドによじ登って力ずくで奪い返すと、彩はしらけた声で言う。

「ドラクエなんて、古くない？　うちら小学生の頃に流行《はや》ってたじゃん」

「バカ、お前、ドラクエなめんなよ！　しかもこれ新しいやつだし」

画面を見て、消えていないことにホッとしながら答えると、彩がベッドから立ち上がってまた嫌味を言う。

「あっそ。どっちにしても孝太が小学生から進歩してないことは確かだね」

言い返すことすら面倒臭いので黙ってゲームを再開すると、彩はわざとらしく大きなため息をこぼしながら、シャワーを浴びに行った。

なんなんだよ、その態度。イライラする。金曜の夜中にうちに来て、昨日一日中寝つぶしてたのはそっちだろ。仕事で疲れているなら仕方ないと思って、俺はゲームしてたんじゃねぇか。それにこれから出かけるにしても、シャワー浴びて着替えてメイクするのに1時間かかるのだって、お前のほうだろ。

「もぉ、たまには部屋、片づけなよね」とか「タバコの灰落ちるよ！」とか、時々文句を言いながら、彩はやはり1時間以上かけて用意をした。俺は「はいはい」とか「うるせぇなぁ」とか適当に返しながらひたすらゲームをしていたが、なんだかいろいろと考えてしまった。

何も言わずに片づけてくれる女がいる一方で、自分は何もしないくせに文句ばかり垂れる女がいる。俺は、後者の彩のために、前者のエミリが綺麗《きれい》に片づけてくれた部屋をわざと散らかした。もちろん、浮気の証拠隠滅のためにそうしたのだけど、俺はよく分からなくなってきた。エミリのほうが彩よりもイイコなんじゃないか、と考えてしまう。

彩は、スタイリストのアシスタントについてからかなり忙しく働いているので、週に1度会えればいいほうだ。今週末、本当に久しぶりに2日続けて一緒にいてみたら、たったの2日間なのに、すでに、ふたりのあいだにはピリピリとした空気が漂っている。お互いがお互いに耐えられないような苛立《いらだ》ちを抱えているのに、ケンカになったら面倒臭い、という理由でそれを相手に思い切りぶつけ合うことはせず、文句を言いながらも、それぞれがギリギリのところで呑み込んでいるのだ。

「よし。孝太、早く行くよー」

彩はそう言ってから、つやつやにリップグロスされた唇から煙を吐くと、短くなった細長いタバコを灰皿に押しつけた。

ちょっと待てよ。俺はカッと頭に血がのぼるのを感じた。

「なんだよ、早くって！　おかしいだろ。お前が用意すんの、俺がずっと待ってたんだろ?」

「あぁ、ごめんごめん。もぉ、そんなに怒んないでよ。ご飯おごるからさっ！」

「いいよ、飯くらい俺におごらせろよ」と不機嫌な声で言いながらも、俺は一番言いたい言葉を呑み込んだ。

男の俺を、もっと立ててほしい。

でも、そんなことをお願いするほどに情けないことが、あるだろうか。男として。


代官山駅に着いた頃には、小雨がパラパラと降り始めていた。朝食はもちろん昼食もまだ食っていないのに、駅前の時計は17時を指している。腹が減りすぎて気持ちが悪い。

「もうここでいいから入ろうぜ」と彩の手を引くと、「カフェなんて嫌だよ。こっちにレストランあるから」と、彩は俺の手を反対方向にグイッと力強く引っ張った。バランスを崩して、転びそうになった。顔をあげると、通りすがりのカップルが、俺を見てククッと笑いを噛《か》み殺していた。

全身がカッと火照るような恥ずかしさを感じてから、彩に対してめちゃくちゃ腹が立った。彩の手を勢いよく振り払い、俺はカフェに向かってひとりで歩き出した。

「ちょっと！　孝太！」

後ろから聞こえる彩の声を無視して、俺はカフェのドアを肩で押し開けて中に入った。唯一空いていたテーブルまで歩き、デニムの後ろポケットからタバコを出して、そこに座った。テーブルに置いてあるメニューをめくりながらタバコに火をつけ、空腹感でイライラした腹の中に、流し込むように煙を吸い込んだ。

近くにいたウエイトレスを呼び寄せ、ハンバーグライスを注文していると、

「孝太」

そうつぶやいたまま口を半開きにし、サングラス越しに俺を見つめている彩が、ウエイトレスのすぐ後ろに立っていた。エプロンの下に大きめのTシャツをダボッと着ている小柄なウエイトレスと並ぶと、彩の背のでかさが際立った。

彩はヒールの高いブーツを履くと、178センチの俺と並ぶくらいの身長になる。長い髪をキュッと後ろでまとめ、でかいサングラスをかけ、黒いレザージャケットにヒップハングデニムを合わせて着ている今日の彩は、モデルみたいに見える。

「お前もなんか頼みなよ。俺、もう腹減って死にそうなんだって」

無視してやりたいほどの怒りを押し込めて彩にそう言うと、ウエイトレスが後ろを振り返った。

彩は、ウエイトレスを追い払うように、あ、いいです、とそっけなく言い放つと、サングラスをサッと頭にのせ、キッと鋭く俺を睨《にら》みつけた。

「ねぇ、孝太、なんなの、その態度」

ビニール傘を持った左手が触れているスチールチェアに座ろうとはせず、立ったまま俺を睨みつける彩の頑固さが、すごく嫌いだ、と思う。俺はソファに深くもたれかかるように座り直し、わざとくつろいだ姿勢で、言い返してやった。

「それ、俺の台詞《せりふ》だっつーの。あのさ、俺、すっげー腹減ってるのね。で、まずお前が準備すんの1時間以上待って、やっと食えると思ったら近所の定食屋じゃ嫌だってお前が言い出したから、わざわざ代官山まで来てさ。で、今度はカフェじゃゃ嫌？　わがままますぎるだろ」

そこまで言って彩の顔を見上げると、彩はテーブルの一点を見つめてぼーっとしているように見えた。そして、「そっか」と声は出さずに唇を動かした。

「何?」

俺が聞き返すと彩は、「…うん、そうか。じゃ、別にいいよここで」と言いながら、ジャケットを脱いでスチールチェアに腰かけた。いつも俺が反論すると、その何倍もの勢いで言い返してくる彩が、黙ってメニューをめくっている。

「…な、なんだよ。言いたいことあるなら言えよ」

沈黙の中に流れる息苦しい空気に耐えられなくなった俺が思わずそう言うと、彩はメニューから俺に目線を上げることもせずにつぶやいた。

「あのね、私が孝太になにかを言って、それを思い出されても、なにかをしてってお願いして、それをしてもらっても、ちっとも嬉《うれ》しくないんだよね。分かる?」

「え、何? なんのこと?」

彩の言っていることが、今日のこのケンカとどう関係があるっていうんだよ。俺は眉間《みけん》にしわを寄せ、目を細めて彩を見た。彩は、メニューから目を離さない。意味が、分からねぇよ。

「ね。分からないでしょ。だからもういいってば」

俺の心を読んだような彩の言葉をさえぎって、さっきのウエイトレスがハンバーグライスを運んできた。彩はメニューをパタンと閉じ、ジェノベーゼのパスタとホットコーヒーを注文した。

ハンバーグをがっついている俺から顔を背けるように、彩はテーブルに頬杖《ほおづえ》をついて入口のガラス戸のほうを見つめていた。

俺たちと同年代くらいの女3人が座る左隣のテーブルからは、時々、思わず耳をふさぎたくなるほどの笑い声がドッと沸いた。それがやんだ瞬間にふと、遠くから雨の音が聞こえた気がした。が、それはすぐに右隣に座るカップルの話し声にかき消された。

俺がハンバーグを食べ終わると、それとほぼ入れ違いで彩のパスタが運び込まれ、今度は俺が、タバコを吸いながらガラス戸の外に視線を泳がせた。よく見えないし、よく聞こえないけれど、雨が強くなってきているように思った。

やはり、外は大雨なのだろう。たたんだばかりの赤い傘の先からポタポタと水滴を垂らしながらカフェに入ってきた女の前髪が、雨にぐっしょりと濡《ぬ》れている。男の店員に「満席です」と断られたのだろう、ガラス戸を押し、赤い傘を再び広げて、女は店を出ていった。

日曜、雨の夕方、カフェは、とても賑《にぎ》わっている。急に、吐きそうなほどに空《むな》しい気持ちに襲われて、目の前に座る彩に視線を向けた。コーヒーを飲みながらメールを打っている彩に気づかれることのなかった視線を、急いでテラスの外へと動かした。その先に、さっき出ていった女の後ろ姿を丸く覆う、赤い傘を見つけた。

しばらく見ていると、赤い傘に、黒い傘が近づいてきて、ふたつが並んで歩き出し、すぐに見えなくなった。

「誰にメールしてんだよ」

俺は彩を見て言った。

「あぁ、ごめん。仕事。ちょっと待って」

一瞬顔をあげた彩に、俺は高校時代の面影を探そうとした。授業のあいだの10分休みに、手紙を渡しにわざわざ俺のクラスまでよくやってきた、セーラー服に黒いマスカラして、ラルフのハイソックス履いて、八重歯を見せて笑ってた、あの頃の彩が、俺は大好きだった。

すぐにまた携帯の画面に視線を落とした彩のまつ毛は、エクステだろう。目の端までみっちりと生えていて、クリンと上を向いている。高くはないけれど形のいい小さな鼻に、光沢のあるグロスが似合うぽってりとした唇。

学校からの帰り道、どんなに雨が降っていても、ふたつある傘を使わずに、ひとつの傘の下をくっついて歩いていた。

雨に濡れても温かかった俺たちは、どこへ行ってしまったんだろう。いつの間にか、矯正されてなくなっていた八重歯のように、俺が気づくヒマもなく、彩はどんどん変わってゆく。

「なぁ、こっち見ろよ」

出会った頃から考えると、まるで別人のようにあか抜けて、綺麗になった彩を、俺は思い切り睨みつけてやった。

「彩と飯食ってる時に、俺がメールしてたことあったじゃん？　その時はお前、超キレたのにな」

寂しさが俺を、毒づかせた。すると彩は、目をまん丸にして俺を見た。

「え、だって、仕事だよ？　仕方ないじゃん。土日とも孝太と一緒にいるために頑張って予定開けたから、別のアシスタントの子に迷惑かけちゃってるみたいでさ」

「じゃあ、行けよ、仕事！」

俺はほとんど怒鳴っていた。

「え…。なんで、どうして、そうなるの」

妙に冷静な彩の声はまるで、聞き分けのない子供にゆっくりと説明しようとしている母親のようだ。いつも彩はこの声で、俺を見下す。

「やめろって、それ」

「それって何？」

「その声、その目、全部だよ！」

俺はドンッと右手でテーブルを叩《たた》いていた。両隣のテーブルがシンとなり、いろんな視線が一気に俺に突き刺さった。うんざりだ、というように顔を両手で覆っている彩に、俺は小さい声で言った。

「俺さ、彩が思ってるほどガキじゃねぇし。仕事なら仕方ないってことくらい分かるよ。だから言ってるんじゃん。そんな風に無理して会ってもらわなくっても、俺、全然平気だって。行っていいよ、仕事。行けって」

彩は顔を覆っていた両手を開き、こめかみの部分を押さえながら俺を見て、大きなため息をついた。そして、

「…じゃ、行くわ」

彩は立ち上がり、ジャケットと傘を両手につかむと、ヒールの音を響かせ、早足にカフェを出て

いった。

彩がドアを押し開けた瞬間、雨が激しくアスファルトを叩きつけている音がした。が、次の瞬間には、店は元通り騒がしくなり、周りへのアピールとして打たずにはいられなかった俺の舌打ちは、一瞬にしてかき消された。

俺の目の前には彩のリップグロスで汚れたコーヒーカップだけが残った。カフェでひとり、胸に抱えきれない悔しさを、指先から1文字ずつ解放するようにして、俺はメールを打った。

「明日、ヒマ?」。

エミリに会いたかった。

エミリを抱きたかった。

Scene 3 ――――――● 彩

６年記念日。

一緒に過ごした時間が
私たちをここに連れてきたのなら、

私は今日という日に一体何を、
祝おうとしていたのだろう。

「プップップッ。ａｕ、お留守番サービスです」

また直留守。聴き飽きたアナウンスから逃げるようにして携帯のボタンを押すと、待ち受け画面に大きく、04:37。もう、朝だ。孝太はまだ友達と飲んでいるのだろうか。木曜の夜にオールで遊ぶ、大学生という人種に、あきれてしまう。

私は編集部で、昨日の夜からずっと、クレジット書きに追われている。私の師匠である岡崎隼人が選んだアイテムをひとつひとつポラロイドで撮影して、リース元のショップ名と販売価格をメモしているが、まだ終わらない。２時間後に始まる撮影のためにコーディネートされたアイテムが、膨大な量の洋服の中で迷子になってしまわないよう、きちんと管理するのが、私の仕事。

洋服が好きで、憧《あこが》れをもって始めたスタイリストのアシスタント。今、私は、高校時代から愛読していたファッション誌の編集部で、大好きなブランドの最新ライン、あふれんばかりの可愛《かわい》いアイテムたちに囲まれている。でも、その中にしゃがみ込んで仕事をしている私は、もう２日もシャワーを浴びていない。華やかな世界を支えるこの地味な作業、この生活が、私を憂鬱《ゆううつ》にさせる。

撮ったばかりのポラに、赤と白の水玉ワンピースの画像が浮き出てくるのをぼんやりと見つめていると、「つながりました?」。クレジットを書き終えた洋服を次々にハンガーに戻している石ちゃんが私に聞いた。３か月前から岡崎に新しくついた、私の後輩にあたるアシスタントだ。石ちゃんが入った、ということは、岡崎が私の独立を考えているということだと思う。直接言われたわけではないので確かではないけど、私が彼のアシスタントについて2年が経《た》つ。そろそろ、考えてくれていてもいいはずだ。

「寺田さん、電話つながりました?」

石ちゃんにもう一度聞かれ、「え? 誰《だれ》と?」と私が振り返ると、まだ19歳とは思えないほどにやつれた顔をした石ちゃんがいた。スッピンだからなおさら、目の下のクマが目立っている。

「彼氏ですよ! 電話つながらないって昨日の夜からずっとかけてたじゃないですか」

石ちゃんに言われ、孝太のことを思い出した。

「ああ、彼氏ね。つながらないよー」

「なんでそんな平気なんですか?」

大きな目をさらに見開いて、信じられないという口調で石ちゃんは続けた。

「私だったら心配で心配で、仕事にならないくらいソワソワしちゃいますよ、彼氏と一晩中電話つながらなかったら!」

「うち、もう長いからねー。携帯放ったらかして飲んでるんだろうな、とか分かるからさ、ムカッとはするけど、不安になるとかはないかなー」

クレジットを書きながらそう答え、手を止めていた石ちゃんにスカートを2着手渡した。「あ、すみません」と小さく謝ってからスカートをラックにかけると、石ちゃんの手はまた止まる。

「でも、そういう関係ってすごいうらやましいです、私は…」

撮影開始まであと2時間しかないのに、自分の恋バナへと発展させようとしている石ちゃんに、

19歳を感じた。「長いと、たぶんそんなもんだよ」と、この会話を終えるべく短く答え、カメラを石ちゃんに手渡した。

「私は…」と、作業を始めながら石ちゃんが話し始める。

「半年以上付き合ったことないから、そういうの全然分からなくて。すぐ、浮気してるんじゃないか、とか疑っちゃうから。彼氏のことを信頼してる寺田さんが、っていうか、彼女をそうやって安心させてくれる彼氏って、いいなって思います」

カシャリ、カシャリ、というポラロイドの音を2度挟みながらの石ちゃんの言葉に、今度は私の手が止まってしまった。

「あぁ、うん。そっか、そうだよね。私、孝太が浮気することは絶対にないって、心から思ってて。ま、過去にいろいろあったから今そう思えるんだけど、さ。でも、それって、そっか、すごくしあわせなことなのかもね」

とても久しぶりに、孝太とのこの関係が素敵なものに思えた。最近は特に、仕事が忙しすぎて心に余裕がなくて、大学4年にもなってダラダラと生活している孝太を見ると、あまりの情けなさに怒りすら感じていたのだ。そしてそんな時は心のどこかで、もっといい人がいるかもしれない、なんて思っていた。

「ちゃんと、大事にしなきゃなぁ」

独り言のようにつぶやくと、「そうですよ」と石ちゃんがまた目を丸く見開いて力強く言った。

「絶対大事にしたほうがいいですよ！　そんな関係築くのって、私に言わせてみれば奇跡に近いっていうか！　だって、どれくらい付き合ってるんでしたっけ？」

「今週の日曜、ちょうど6年記念なんだ！」

「うわぁ、すごーい！」

「あ、だからね、週末休み取っちゃったの。岡崎には、地方に住んでる、いとこの結婚式って言ってあるから、石ちゃんよろしくね」

すっかり気分をよくした私は、「了解でーす」と笑う石ちゃんに背を向けて、クレジットを書くふりをしながら、こっそり、孝太にもう一度電話をかけてみた。

また直留守。

急に、悲しみが込み上げてきた。さっきは平気だったのに、孝太の携帯がつながらないことが寂しかった。携帯のボタンを押すと、待ち受け画面に大きく、05:02。私は、自分にカツを入れるようにして仕事モードの声を出した。

「石ちゃん、あと1時間でロケバス来ちゃう！　急ご！」


うなじにゾッとするほど冷たい空気を感じて、一瞬ブルッと身震いした。頭の上でグシャッとおだんごにまとめているゴムをほどいて、長い髪を下ろしたい。けど、ラックを運んでいる手を片方でも離せば、バランスが崩れて倒れてしまう。あきらめて、肩を丸めて裸の首をジャケットの中に埋めた。

ロケバスのライトが、まだ真っ黒な空気の中に、2本の白い線をまっすぐに描いている。「おはようございます」とドライバーさんに挨拶《あいさつ》をしてから、石ちゃんとふたりがかりで編集部とバスを2往復し、すべての洋服をバスの中に運び込んだ。

動き出したバスに揺られていると、急にまぶたを襲ってきた重力に耐えられず、プツリと充電が落ちるようにして、私の意識が飛んだ。

ロケバスを降りると、編集部を出る時はまだ暗かった空は、私が眠っていた数十分のあいだに昇ってきた太陽に照らされて、すっかり明るくなっていた。

スタジオの前で、師匠の岡崎隼人が、吸ったタバコをブーツの底で揉《も》み消《け》している。チャコールグレーのビンテージブーツに、ダメージデニム。黒のレザージャケットを着た背中を丸めて、火を消したばかりのタバコの吸い殻を拾い上げた。ニット帽からはみ出た襟足《えりあし》の髪の寝グセが、憎たらしい。

「おはようございます」

後ろから私が声をかけると、師匠はクルッと振り返って私に笑顔を見せた。師匠の視線が、2日前の朝に化粧をしたまま、それ以来鏡さえ見ていない状態の私の顔に、突き刺さる。そして、

「お前、ひでぇ顔してんな。目ヤニ出てんぞ」

慌てて両目を押さえた私に、「左だよ、左」と言って笑いながら、師匠はデニムのポケットからセブンスターのソフトパックを取り出して、新しいタバコに火をつけた。

ボロボロなのは、誰のせいだよ。つうか、いくら自分のアシスタントとはいえ、私だって女だ。

目ヤニ出てるよ、はないだろう。お前の性格の悪さには、ほんっと、嫌気がさすわ。

心の中で思いっきり師匠を罵倒《ばとう》しながらも、顔を見られたくなくて、しょんぼりとうつむいた。

私の、汚れたスニーカーが見える。本当は、ヒールの高い靴が、大好きなのに…。

「これ、捨てといてぇ〜」

私の神経を逆なでするような、おちゃめな声でそう言うと、岡崎は私に短くなったタバコの吸い殻を2本手渡してスタジオへと入っていった。

負けない。絶対に負けるものか。師匠なんて、超えてやる。

ほとんど怒りに近い情熱が、苦しいくらいに私の胸を締めつけた。右手でタバコの吸い殻を握りしめ、私は顔をあげた。雲ひとつない冬空を見上げながら、左手で伸びてしまった前髪をかきあげると、頭皮がベトベトしていて気持ち悪かった。


今回は、ここ数年間トップの売れ行きをキープしている20代向けの女性誌の、巻頭に入る春のファッション特集と表紙の撮影だ。今、彼女たちの名前を知らない女の子はいないんじゃないかというくらいの売れっ子モデルたちはもちろん、最近テレビにも出ているヘアメイクＭｉｋｕさんなど、クリエイターたちも超一流だ。もちろん、私の師匠、岡崎隼人もそのひとり。男性スタイリストの中では、トップ3に入るだろう。

「寺田！　その右端のベスト持ってきて！」

私は「はい！」と大声で返事をして、師匠が指差すラックへと走った。デニムのベストからタグを取り、モデルから蛍光ピンクのパーカを脱がしている師匠の元へと走って持ってゆく。そして、受け取ったパーカにタグを取りつけてラックに戻していると、後ろからシャッター音が聞こえ、撮影が始まった。

私が振り返ると、モスグリーンのクッションの置かれた白いアンティークチェアに足を組んで座ったモデルが、真っ白なフラッシュの中で踊るように次々と表情を変えていた。

スタジオに爆音で鳴り響くセクシーなR&Bが、私の目の前に広がっているこの最高にクールな世界を一層引き立て、私の心を一気に躍らせた。ザザッと腕に、鳥肌が立った。プロの手によってつくり込まれた、この空間の華やかさに魅せられ、その中を流れるキリリと真剣な空気に、私は興奮した。

目の周りを真っ黒なアイラインで囲んで、真っ赤な口紅をつけたモデルは、長いストレートヘアをサッとかきあげて、つけまつ毛を片方パサッと閉じてウインクをした。

「かっこいいよ！　すごくいい！」

メロディに乗るカメラマンの声が、モデルのテンションをさらにあげてゆく。miumiu の真っピンクのエナメルパンプスに TOPSHOP の黒いレッグウォーマーを履いた長い足を椅子《いす》の上でガッと開き、モデルはいたずらに舌を出した。

「めちゃくちゃカワイイ！　ヤバい！」。私は心の中で、何度も何度も叫んでいた。昨日、私が徹夜でポラロイドを撮った洋服たちが、目の前でキラキラと輝いていた。古着のデニムショートパンツ。オフショルダーのビッグTシャツ。ゴールドのウェストベルト。全体のコーデに、岡崎が直前で変えた80年代風のデニムのベストが効いている。

いくつものプロの手が集まってつくられたこの空間は、1枚の写真となり、来月には雑誌に大きく掲載される。ページをめくった女の子たちは、この世界を見て、その手を止めるだろうか。数年前の、私のように。

私はずっと、この雑誌の向こう側にいる何万といる読者の中のひとりだった。それが今じゃ、こっち側に立っている。寝不足が辛くても、師匠の態度があまりにもひどくても、やっぱりこれって、夢みたい。

「おい！　寺田‼」

夢見心地でボケっと立っていると、私は師匠に怒鳴られていた。モデルの履いていたサンダルの底が汚れていたため、床の白いシートに跡がついてしまったのだ。私は「すみません！」と大声で謝りながら、走って雑巾《ぞうきん》を取りに向かった。悲しい気持ちや疲れなんて、すべて吹き飛んでいた。

こんなにも私の胸を熱くしてくれる仕事は、これ以外に、絶対にない。

現場に来るたびに、心が熱く、燃やされる。


会うたびに、心のどこかが、冷めてゆく……。

師匠に嘘《うそ》までついて取った休みの日。孝太をカフェに置き去りにして、私は結局、仕事に向かう。

流れる気配すらない涙の代わりに、わざとこぼしてみたため息さえ、音にならない。聞こえるのは、安物のビニール傘を思いきり殴りつけるかのような、雨の音。

すれ違う電話に、噛《か》み合わない会話。回数を減らしてゆくセックスと、会うたびに繰り返されるケンカ。一緒に過ごした時間が私たちをここに連れてきたのなら、私は今日という日に一体何を、祝おうとしていたのだろう。

もしかしたら、忘れ去られて当然だったのかもしれない。私と孝太にしか特別な意味をもたない、私たちの、6年記念日。

そう頭で考えてみると、この状況は切ないな、と思った。ちょうど突き当たった大通りの前で私は足を止め、その感情が胸にキュッと込み上げてくるのを一瞬、待ってみた。今にも風で飛ばされそうな傘を、顔の近くにギュッと持ちながら。

でも、こなかった。涙なんて、流れてきやしない。切なさはもちろん、怒りや悲しみを通り過ぎたところで、私の心はヒンヤリと冷めている。

だって、慣れちゃった。2年目と4年目の記念日も、大喧嘩《おおげんか》に終わった。何も特別な準備をしていなかった孝太に対して、私が怒ったのだった。そして6年目の今日、孝太は、記念日自体を忘れていた。

予約されたディナーやプレゼントなんて、もう、まったく期待していなかった。望んでいたのは、ただ、孝太が記念日をただ覚えていてくれて、一緒に楽しく食事をすること。それを期待することも今日以降、やめると思う。

期待するだけ、バカをみるし、
　空回って争ってひとりになると、
　死ぬほど空しく、なるからだ。

　雨に濡《ぬ》れた透明な傘は、大通りをビュンビュン流れている車の光を透かして、赤や白や黄色や緑に光っている。私はその先に、タクシーが光らせる空車サインをぼんやりと探しながら、傘の上で、雨のしずくとしずくが物凄《ものすご》いスピードでくっついては、共に下へと流れてゆく様子を眺めていた。いろんな色を透かしながら混ざり合い、みんなで一緒に流れていた水のしずくたちは、傘の端ですべての色を失い、一瞬にしてポタポタと、真っ黒なアスファルトへと真っ逆さまに落ちてゆく。

　こうして、終わってゆくのだろうか。共に、どこかへ堕《お》ちるかのようにして恋に落ちた男女の情熱も、こんな風に呆気《あっけ》なく、こぼれ落ちてゆくのだろうか。

　そんなことを考えていたら、胸の奥が気持ち悪くなってきた。空腹感にも似た、空っぽな感じ。それを捉《とら》える感覚がすこし鈍ってきているのを感じるほどに、とても馴染《なじ》みある感情だ。

　アシスタントを始めてからのここ2年、特に最近、孝太と会うたびに感じてしまう。そしてそのたび、別れを思うのだけど、絶対に別れたくない、別れられない自分がいる。

　同じことを繰り返しているのは、孝太だけではなく私も同じ。それに気づいた途端、頭がクラクラした。

目に入った、緑の光。空車サインに私は手をあげた。傘をたたみ、タクシーに乗り込んだ。運転手に行き先を告げ、バッグから携帯を取り出した。

トゥルルル、トゥルルルル。呼び出し音を聞きながら、濡れた髪から流れ落ちる雨のしずくがつたう額をジャケットの袖《そで》で拭《ぬぐ》う。

「もしもし」

聞き慣れた声に、私はホッとした。

「もしもし、石ちゃん？　ひとりじゃ終わんないよね、ごめんね！　今、向かってるから」

「助かります！」

記念日なのに大丈夫ですか、なんて恋バナを挟む余裕もないくらい、石ちゃんは切羽詰まっているようだった。

彼女は、仕事は、私を必要としてくれていた。

自分でも驚くくらい、そのことに、救われた。

Scene 4 ----------- エミリ

わたしを好きになってもらえるかどうか、

そのすべてが、

今日コウちゃんと会った瞬間の

“わたしの可愛さ”に

かかっているような気がする。

やっと、17時。

時間を確認すると、わたしは携帯をパタンと閉じてコートのポケットの中へと戻した。洗面台の上に置いたポーチからフェイスパウダーを取り出して、今朝学校に行く前にファンデーションを塗った肌に、ていねいにはたいてゆく。

トイレから出てきたおばさんが、洗面台を独占しているわたしを見て嫌な顔をしたのが鏡ごしに見えたけれど、わたしは無視して鏡と向き合った。

あと30分で、コウちゃんとの待ち合わせ時間。見ず知らずのおばさんにどう思われるかなんかより、コウちゃんに可愛《かわい》いと思ってもらうほうがはるかに大事。――なんだけど、おばさんがわたしの真後ろから鏡をのぞき込むようにして割り込んできたので、さすがにちょっと気まずくなって、体を洗面台からちょっと右にずらした。

おばさんが手を洗い終わるのを待っていると、今朝、家の洗面所でいつもの倍の時間をかけてていねいに化粧をしていた時に、妹のマミに言われたセリフが頭の中でよみがえった。「デブ、どいてよ！　私だって化粧すんだからね」。鏡に映る自分の丸顔が、急にとても気になった。

やっぱり、アップヘアにするんじゃなかった。でも、もう髪に癖がついちゃっているから、いまさらおろすこともできない。洗面台の前でわざとらしいくらいていねいにハンカチで手を拭《ふ》いていたおばさんを押しのけて、わたしはポーチの中からチークを取り出した。

頬骨《ほおぼね》の高さにオレンジ色のチークを丸く入れると、ほんの少し顔が引きしまったように見える。輪郭をもっと細く見せたい気持ちから、フェイスラインにシャドーをくっきりと入れたくなる。でも、それは何度も失敗済み。肌が真っ白なわたしがそれをやると、ギャルを目指して失敗したコみたいになってしまうのだ。

わたしはシャドーを濃くしたい衝動をなんとか抑えながら、まつ毛をビューラーして、〝キスしたくなる唇〟というキャッチコピーに惹《ひ》かれて買ったばかりのリップグロスをたっぷり塗った。

駅内のトイレを出る前に全身鏡でチェックする。

地元の服屋さんで安く買った白いロングコートの中は、ZARAの黒いカーディガンと白い膝丈《ひざたけ》のワンピース。サマンサタバサのピンク色のキルティングバッグに、エスペランサの黒いブーツ。わたしなりにベストを尽くして仕上げた、デート仕様のわたし。

大丈夫。初めて会うわけじゃないんだし、大丈夫だよ。コウちゃんとはもう2度も顔を合わせてる。それどころかもうエッチまでしている仲で、コウちゃんはこうしてまたデートに誘ってくれた。少なくとも、ほんのちょっとはわたしのことを〝可愛い〟と、思ってくれているはず。

大丈夫。うん、きっと、だいじょうぶ。そうだよ、きっと、ダイジョウブダイジョウブ。

待ち合わせ場所の東口に向かうあいだずっと、わたしは心の中で呪文《じゅもん》のように繰り返していた。だって、そうでもしていないと息ができなくなってしまいそうだった。1秒、また1秒と約束の時間が近づくにつれて、わたしの周りの酸素が薄くなっているように感じるくらいだった。心臓が、バクバク脈打っては体の中で暴れていた。先週初めてコウちゃんとデートした時よりも、エッチした時よりも、今、わたしは緊張している。

わたしを好きになってもらえるかどうか、そのすべてが、今日コウちゃんと会った瞬間の〝わたしの可愛さ〟にかかっているような気がするからだ。どうしようもなく不安なのに、でも、それ以上に、会えることが嬉《うれ》しくてたまらない。もう、自分が何をどう感じているのかも分からない。ただ、コウちゃんにどうしようもないほどに恋をしていることは確かで、それを思うと余計に緊張してしまう。

「エミリ！」。突然名前を呼ばれたので驚いた。声がしたほうを振り返ると、すぐ後ろにある自販機の隣に、コウちゃんに似ている男の人が立っているのが見えた。タバコに火をつけようとしているのか、口の前で両手を組んでいるので、顔がよく見えない。人違いだったら恥ずかしいな、と思いながら彼を見ていると、

「ね、ライター持ってる？」

顔をあげ、わたしをまっすぐ見つめた彼は、コウちゃんだった。

あぁ、やっぱりすごく、カッコイイ。まるで芸能人に憧《あこが》れるような気持ちで彼をポーッと見つめていると、ふと、コウちゃんに初めて「エミリ」と呼び捨てにされたことに気がついた。心臓が、またドクドクと脈を打つ。

「なんかさぁ、オイルまだ入ってんのに火つかねぇんだもん、これ」

コウちゃんは唇をとがらせながら、百円ライターをわたしに見せた。ふっと緊張がとけたその隙《すき》に、わたしはコウちゃんの近くにかけよった。ライターをまだカチカチやって火をつけようとしているコウちゃんを、わたしは見上げた。

背、高いな。キャップからはみ出た茶髪が、パーカのフードの上でハネてる。それだけのことで、

わたしの心は火照《ほて》ってしまう。

「最初、コウちゃんって分からなかったよ」

「そ?」と適当に返事をしながらも、タバコをくわえたコウちゃんの横顔が、ちょっぴりはにかんだように見えた。その表情といい、ジャケットから出したパーカの白いフードといい、あぁなんて、可愛いんだろう。

「あー、ダメだこれ」と、ライターをジャケットのポケットに入れると、コウちゃんは口にくわえているタバコを上下に揺らしながら、黒目を流してわたしを見た。

「あ、ごめん。タバコ吸わないからライター持ってなくて。ごめんね!」

慌てて謝ったわたしを見て、コウちゃんはアハハと大声で笑った。くわえていたタバコが、アスファルトの上に落ちた。

「そんな、顔真っ赤にして謝ることないって。エミリ、おもしろいね」

腰を屈《かが》めてタバコを拾ったコウちゃんに、わたしはまた「そっか、ごめんね」と謝ってしまった。

「アハハ。だから、謝りすぎだって。変な女」

コウちゃんに、頭をそっとなでられた。ドキドキしていた胸がキュッと締めつけられて、一瞬息の仕方を忘れてしまう。

「それにオレ、タバコ吸う女って嫌いだもん」

別に、わたしのことを好きだと言われたわけでもないのに、すごく嬉しくって、それだけで舞い上がってしまう自分が恥ずかしくって、コウちゃんの顔を見ることができなかった。

「あ。オレさ、ちょっと金おろしたいんだけどコンビニ行ってもいい?」

先に歩き出したコウちゃんを追って、わたしも歩き始めた。

「さっき、先におろしてから来ようと思ったんだけど、そしたら遅れちゃいそうだったからさ」

そう言うとコウちゃんは自分の肩越しに小さく振り返り、わたしを見てわざとイジワルく笑った。

「だってさ、オレが5分でも遅れたら、無駄に心配してテンパってそうじゃん、エミリって」

「なにそれぇ」なんて小さく笑いながらも、嬉しくって、涙が出ちゃいそうだった。

手、つなぎたいな。さっき拾ったタバコを挟んでいるコウちゃんの長くて綺麗《きれい》な指を後ろから見つめながら、そこに自分の指をからめることができたら、もっと幸せなのに、とわたしは思った。

手をちょっとだけ前に伸ばせば、すぐに彼の手に触れることができる距離にいる。もう二度と連絡がこないかもしれない、と枕を濡《ぬ》らして泣いていた昨日がウソみたいに、今、コウちゃんはわたしの目の前にいて、ふたりの距離はこんなにも近くて、他人から見たらわたしたちはカップルに見えるかもしれない。

でも、手をつなぐことに勇気が必要なのは、わたしたちがカップルじゃない証拠だった。しあわせを噛《か》みしめていた直後に、急に寂しくなっている自分に気づいて、ハッとする。

ほらね、あんたはどんどん欲張りになる。もうひとりのわたしが、心の中でつぶやいた。そうやって少しずつ、あんたは彼に対して多くを望むようになる。それ、気をつけないと、前みたいに「重たい」って言われてフラれるよ。

わたしはコウちゃんのほうに伸ばしたくてたまらなかった左手を引っ込めて、コートのポケットの中に突っ込んだ。

「ねぇ、今日何しよっか。オレ、池袋あんま知らないんだよね」

振り返って、思っていたよりも後ろを歩いていたわたしを見つけたコウちゃんは、

「あ、わりぃ。歩くの速かった？」

と、右手を、わたしに、まっすぐ、差し出した。

「冷たっ！」と言いながらコウちゃんがわたしの手をギュッと強く握った時、わたしは、欲しい、と思った。彼のこの手の温もりを、わたしのものにしたいと思った。

すべての寂しさから、この手が、わたしを救ってくれる。お願い、このままずっと、手を離すことなくそばにいて。こんなわたしだけど、お願い、どうか、受け入れて。

「どこ行こうか、わたし、どこでもいいよぉ」なんて、この祈るような想いが、彼に漏れ伝わってしまわないようにわざと軽い口調で言いながら、わたしはコウちゃんの手を、そっと、でもしっかりと、握り返した。


わたしたちは歩き疲れた頃に見つけた映画館になんとなく入って、最近テレビＣＭでよく宣伝しているアクション映画を観ることにした。ふたりとも、特別それが観たかったわけじゃないけれど、他の映画を知らなかったからそれにした。平日だからか、ちょっと分かりにくい裏通りにあるからか、館内はガラガラだった。

映画がつまらないのか、ずっと眠そうにしていたコウちゃんは、わたしの肩に寄りかかるようにして顔を近づけてきた。ドキドキしながら、わたしもそっと彼に寄り添うと、キスされた。コウちゃんの左手が、わたしの右の耳を包み込んだ時、わたしは静かな映画館の中に、うっかり声を漏らしてしまいそうになった。

コウちゃんのキスは、とても優しくて、いやらしい。このままもっと、と続きを求めてしまいたくなるようなキスが、深く、長く、続いた。途中で、わたしは、カラダの奥が、熱くなってゆくのを感じていた。今日、コウちゃんと会う前に決めていたことが、どうでもよくなってきた。そのまま、コウちゃんに溶かされてしまいたかった。

それなのに、コウちゃんがわたしのスカートの中に手を入れようとしてきた瞬間、わたしは反射的に、コウちゃんの手を押し戻していた。「なんで？」と聞く彼に、「だってまだ付き合ってないもん」と、わたしは甘えた声を出していた。

やめてほしかったから、じゃない。それでも続けてほしかったから、だ。どんなにわたしがダメだと言っても抑えきれないくらいに、コウちゃんにわたしを求めてほしかった。そして、性欲に押された勢いでもいいから「付き合おう」と言ってほしかった。一度でも彼の口からその言葉が出れば、わたしは彼のカノジョになれるから。

彼が無言でわたしから体を離した時、わたしはとんでもなく悲しかった。

スクリーンにエンディングロールが流れ始めるとすぐに、コウちゃんは席から立ち上がった。

怒っているのかと思って、わたしは一瞬怖くなった。このままスタスタと歩いて映画館を出ていってしまって、もう二度と会ってくれなくなっちゃったらどうしよう。焦ったわたしが彼を追うようにして立ち上がると、膝に置いていたお菓子の空箱が椅子《いす》の前に落ちてしまった。しゃがんで拾おうとしたけれど、まだ館内は暗くてどこに落ちたのかよく見えない。

「なに落としたの？」

コウちゃんはわたしの隣にしゃがみ込んだ。前の椅子とのあいだのスペースは狭く、顔をあげると彼の顔がすぐ目の前にあってドキドキした。好き。そう思っていたら、キスされた。

ゆっくりと唇を離して、コウちゃんが上目遣いでわたしを見つめた。

「さっき、ごめんね。でも、エミリって、きもちーんだ。ずっと触れていたくなる」

胸がキュッとして、嬉しいのに切なくなった。コウちゃんの温かい息が頬にかかって、くすぐったくって泣きたくなった。

「ずっと、触れていればいいじゃない」

わたしの声はかすれていた。

「ずっと……」

もう一度つぶやくと、それはほとんど、独り言のようにわたしの膝の上に小さく落ちた。わたしは目に滲《にじ》んだ涙を、ばれないようにそっと拭《ぬぐ》った。

「うん。そうする」

コウちゃんの言葉にわたしが驚いて顔をあげると、

「よかった。俺《おれ》もう嫌われたかと思った」

目の前の顔が、クシャッと嬉しそうに笑って言った。

「えっと…」

わたしは言葉をつまらせた。これって、付き合うってことなのかな。でも、どういう風に聞けばいいんだろう。わたしが頭の中をぐるぐるさせていると、館内の照明がパアッと明るくなった。お菓子の空箱が、わたしとコウちゃんのあいだに逆さまになって落ちていた。コウちゃんはそれを拾って立ち上がり、しゃがんだままのわたしに向かってもう片方の手を伸ばした。

わたしは彼の手を取り、立ち上がった。

「コウちゃん」

名前を呼ぶと、愛《いと》おしさが胸に込み上げた。

「何?」

好きって言いたかったけど、それを伝えるにはもう照明が明るすぎる気がした。

「お腹すいたな」

わたしが言うと、彼は笑って「俺も」と言った。

§ § §

「昨日、付き合うことになったよ」

言葉にして発音してみると、グッと実感が湧《わ》いてきた。コウちゃんが、わたしの彼氏になってくれた。すごい。嘘《うそ》みたいなのに、これが現実なんて、夢みたい。あまりの嬉しさに、カスミとユカの反応を見る前から唇がにやけてしまう。

「ええ⁉　誰と？」

カフェテリアに響いたカスミの大声に、後ろのテーブルで昼食を食べている同じ学部の女の子たちがチラッとこっちを振り返った。「ほら、カラオケ行った時、エミリに声かけてきた人だよ。イケメンだったじゃん、覚えてない？」とカスミに言ってくれたのはユカで、ユカはすぐにわたしのほうを向いて「そっかー、よかったじゃーん」と微笑《ほほえ》んでくれた。そして、わたしを見てプッと噴き出した。

「って、エミリ、なに、その顔！　しあわせまるだし！」

ユカが目尻《めじり》を下げて喜んでくれている隣で、カスミは、信じられないとでもいうように目を丸く見開いている。

「えー！　てか、ちょっと待ってよ！　あの後、連絡取ってたんだ？」

そう言うカスミの目玉、今にも飛び出して落っこってしまいそう。いつもは大きな目がクリッとしていて可愛いのに、こういう表情をすると台無しだな、とわたしはカスミの顔を見ていじわるく思ってから、とても誇らしい気持ちで「うん」と頷《うなず》いた。

「私、ぜんぜん聞いてないけど！　なんで？　ユカは知ってたの？　なにそれエミリ、ひどくない？」

カスミの不機嫌な声に、わたしはげんなりした。まさかコウちゃんがわたしに本当に連絡をしてくるとは思っていなかったカスミは、付き合うことになったという報告自体が気に食わないのだ。コウちゃんと連絡先を交換している時から、声をかけられたのが自分ではなかったことに、カスミは苛立《いらだ》っている様子だった。その後も、まるで負け惜しみのような口調で、「今の人、すごい軽そうだったね」なんて、必要以上に何度もわたしに言ってきたのだから。

それなのに、それを認めるのは悔しいから、自分だけが話を聞いていなかったことに問題をすり替えて怒っている。

ムカつく。でも、わたしはカスミに嫌われることが怖い。カスミが、怖い。何も言い返せずにいると、ユカが言った。

「ほら、エミリと私、英語の授業一緒じゃん？　その時にちょっと聞いただけだよ」

すかさず、カスミが言い返す。

「でも、必修もランチもいつも一緒にいるし、毎日会ってるじゃん。なんで私にだけ言わないのよ、感じ悪いわー」

「そ、そんなつもりはないよ」

わたしはカスミを前に慌てていた。その大きな目に睨《にら》まれると、わたしはビクビクしてしまう。

「ぜ、ぜんぶ最近のことだし、まだうまくいくか分からなかったからさぁ」

「もー、エミリぜんぜん分かってないよぉ」

カスミの表情が少し和らいだので、わたしはホッとした。いつもの声のトーンに戻ったカスミが、教えるような口調でわたしに言う。

「うまくいくかいかないかがまだ分からないステージが、一番おもしろいんだってば。男の思わせぶりな行動に、その裏の心理をみんなで相談し合って考えたりさぁ。それこそ、ガールズトークの醍醐味《だいごみ》よ！」

カスミにコウちゃんとのことを相談しなかったのは、カスミがアドバイスを装ったキツイ言葉でわたしを傷つけることを知っていたから。そんなわたしの気持ちも知らないで、そういう会話こそがガールズトークの醍醐味だと言い張るカスミの意地悪さに、また少し、傷つけられた。

「で、どうやって付き合うことになったの？　昨日会ったの？　で、告られたの？　ねぇねぇ詳しく教えてよー」

カフェテリアの自動販売機で売られているパックのカフェオレを片手に持ったユカが、目をキラキラさせてわたしを見た。

「そうだよ、私とユカは彼氏と付き合って長いから、そういう新鮮な話に飢えてるんだから！」

また、自分とユカをセットにすることで、わたしを外へとはじくカスミの言い方が少し気になったけれど、わたしは昨日のことを話し始めた。思い出すだけで、頬がにやける。

「えっとね、学校の帰りに池袋で待ち合わせして…」

わたしが話し始めると、ふたりはわたしをじっと見て、話の続きを楽しみに待っている。「でね、コウちゃんが、あ、あの人、コウちゃんっていうんだけど…」

わたしは話を続けながらも、少し、泣きそうになってしまった。だって、ふたりがやっと、わたしを恋バナの輪の中に招き入れてくれた。ほらね、とわたしは思う。コウちゃんという彼氏ができたとたん、ずっと欠けていたパズルのピースがはまったかのように、わたしの人生が丸ごとうまく、回り始める。

カスミとカフェテリアで別れ、5、6限目の英語の授業に向かう途中、ユカがちょっと言いにくそうな感じでわたしに話しかけてきた。

「さっきね、カスミが言ってて私もちょっと気になったんだけど……」

コウちゃんと付き合っていることを報告したことでふたりとの距離が縮まった、とすっかり喜んでいたわたしは、急に不安に襲われた。

「さっきのエミリの話だとさ、その、コウちゃんって人と、本当に付き合ってるのかなって。ほら、向こうの返事が曖昧《あいまい》じゃない？」

なんで、なんでそんなこと言うの。不意打ちで後ろから殴られたような気分だった。

「カスミが、そう言ってたの？　でも、いつ？」

わたしが聞くと、ユカはやっとわたしのほうを見て、ちょっと困った顔をして言った。

「さっき、エミリがゴミ捨てに行った時。たぶん、エミリが傷つくのを見たくないんじゃないかな。カスミって自分の意見をハッキリと言うけど、根はすごく優しいから」

どうして、どうしてそう思えるの。そんなのただの陰口じゃない。カスミはわたしのことなんか本当はちっとも心配していなくって、イジワルな気持ちからそういうことを言っているって、どうしてユカは気づいてくれないの。

「ありがと。でも、大丈夫だよ。本当に、付き合ってるから」

わたしの小さな声をかき消すようにしてエレベーターの扉が開いた。


「本当に、付き合ってるのかな」。家に帰ってからも、ユカの台詞《せりふ》が頭から離れない。カスミと顔を合わせたくなかったので、授業が終わるなりすぐに駅に直行してしまったから、わたしが帰った後でふたりはまた、わたしとコウちゃんの噂話《うわさばなし》をしていたに決まっている。

あと1年半もあるわたしの短大生活は、ふたりといかに仲良くできるかにかかっている。今日の昼休みにふたりとうまくやっていく自信を初めて手に入れたというのに、わたしは今、大学を辞めてしまいたいとさえ思っている。中学時代のトラウマがよみがえってきそうになったので、わたしは急いで記憶にフタをした。すると、もうひとつ、わたしが新たにフタをしようとしていた昨日の夜のことを思い出してしまった。

昨日、コウちゃんはわたしにあんな風にキスをして、「もっと触れたい」とまで言ってくれた。そしてわたしはそれに頷いて、彼はわたしの手をつないだんだ。それなのに、ご飯を食べ終わるとすぐに、コウちゃんはわたしをそのまま、まっすぐ家まで送り届けた。

わたしは、キスの続きを求めていた。でも、コウちゃんはわたしを抱かなかった。店を出る時に、コウちゃんが携帯を取り出してメールを見ていたことに、わたしは気づいていた。その後からコウちゃんのわたしへの態度が変わったことにも。

あ、くる。

スコールの前触れのような気持ちの揺れを感じたわたしは、オレンジ色の夕日が差し込んでいる窓に勢いよくカーテンをした。携帯をつかんで、ベッドの中にもぐり込む。

あ、きた。

ダムが崩壊した河川のように、目から勢いよく流れ出した涙で頬をびしょびしょに濡らしながら、わたしは布団でつくった小さな暗闇《くらやみ》の中で、携帯を開く。必死にまばたきをして涙を落としては、コウちゃんがわたしに送ってくれた今までのメールを、すべて読み返す。

また、ここに逆戻り。こんなにも声が聞きたいと思っているのに電話さえかけられないなんて、両想いじゃない何よりの証拠だ。本当は分かってる。コウちゃんは、わたしをカノジョだなんて、思っていない。でも、勘違いしているあいだ、わたしはあまりにも幸福で、あ、違うのかも、と気づいた時にはもう、後には引けなかった。感情を、元には巻き、戻せなかった。

また、落ちてゆく。布団の中に引きこもって、わたしは深く落ちてゆく。自分の人生にすっかり失望してしまいそうなところまで。怖くなって、わたしはしがみつく。携帯に、しがみつく。

Scene 5 ———— 孝太

彩と終わるかもしれない。

そう思ったら、

ひとりになることが

たまらなく怖くなって、

エミリを抱く腕に、力が入る。

握りしめた携帯が、熱を帯びてあつくなっている。

オルゴールのような癒し系の呼び出し音の後で一瞬、プッと小さな音がした。電話がつながったと思った俺《おれ》は慌てて「あ、」と声を出したが、すぐに留守電のメッセージが流れ始めた。俺はとうとうあきらめて、携帯をソファの上に放り投げた。

最初は自分が悪いと思って反省していた俺も、ここまで連絡が取れないとイラついてくる。俺は置いたばかりの携帯をもう一度手に取って、メールを開いた。

From 彩
Sub 6年記念おめでとう
記念日とか誕生日は大事にしていこうねって、去年もまったく同じ話をしたから、今年はもう言いたくなかったの。でも、孝太はいつも忘れちゃうよね

昨日の夜、エミリと映画を観た後で飯を食っていたら、彩からこのメールが届いた。テーブルの下ですぐに携帯を閉じたけど、額から嫌な汗が噴き出してきた。あまりに焦った俺は、店を出るな

りエミリを追い返すようにして家まで送り、すぐに彩に電話をした。

それから丸1日が経《た》った今までずっと、数時間置きに何度も電話をしているのに、そうとう怒っているのか、彩はでてくれない。謝りのメールにも返信はない。無視されるたびに、彩に謝る気が失《う》せてゆく。

記念日を忘れたのは悪かったけど、それをその場で言わずに、翌日メールで伝えてくるなんて俺に対する当てつけだとしか思えない。このメールのタイトルだって、嫌味ったらしいじゃないか。

そう思っていても気になってしまうのは、彩が1日経っても電話を折り返してこないことなんて、今まで一度もなかったからだ。今思い返してみれば、カフェでの彩の、俺をつきはなすような冷たい態度も今までとは違っていた。

もしかして、浮気がバレているんじゃないか、と思うと胸がザワザワして、どうしても落ち着かなかった。


「はい」

インターフォンから、彩の母親の声がした。俺は、ひとりで家にいることに耐えられず、わざわざレンタカーまでして彩の実家のある幕張まで来てしまった。電車ではなく車を借りたのは、彩とドライブでもすれば仲直りできるんじゃないかと考えたからだった。

「あ、お久しぶりです。孝太ですけど」

「あら、孝太くん！　久しぶりねぇ。どうしたの？」

「あの、彩、いますか?」

「え? 聞いてない? 彩、今仕事で沖縄行ってるわよ」

彩をこんなに遠くに、感じたのは、初めてだった。

車に戻って、俺はタバコに火をつけた。「仲直りにドライブでもしようと思ってレンタカーして家まで来たら、沖縄に行っていることを聞いて超ショックだった」という内容のメールを打つ指が、怒りに震えて、まごついた。

さすがの彩も、俺に悪いと思ってすぐに連絡してくると思ったが、しばらくしても携帯はピクリとも動かなかった。

長くなっていたタバコの灰を、飲み終わった缶コーヒーの中にジュワッと落とした。車内のデジタル時計を見ると、まだ9時にもなっていない。ここから30分くらい車を走らせたところにある自分の実家に、久しぶりに帰ろうかとも思ったけど、親に会えば春からのことを聞かれるに決まっている。俺はエンジンをかけて、このまま都内に戻ることにした。

4月には、俺は社会人になるはずだった。それなのに俺は、後期の試験で必修科目の4単位を落としてしまった。同じく単位が足りなくなった友人のシゲと、「内定も決まっているのでどうにかなりませんか」と教授に泣きついた結果、春休み中に補修クラスに通うことを許された。が、試験で点が取れなかっただけでなく出席日数も足りていなかった俺の留年は、その場で決定した。首の皮一枚つなぐため、シゲはせっせと大学に通っているようだが、どっちみち卒業できない俺は補修にも出ていない。

14社受けて唯一内定をもらった会社に留年したことを報告すると、内定はもちろん取り消された。俺はそのことを、両親と彩に言えずにいる。彩には何度か言いかけた。でも結局、春休み中に補修授業に通うことになったと伝えただけだった。

自業自得なのは、誰よりも自分が一番分かっている。だからこそ、家族や彩についに見放されてしまうのではないかと、俺は内心ビビッてる。大学に入ってからの俺のだらけた生活を何度も注意してきた彼らが、この結果に驚くとは思えない。「やっぱりそうなったか」と深いため息をつき、俺という人間に対して改めて、深く、失望することだろう。

どっちみち、あと2か月でバレる。逃げきれないことは分かっていても、俺はまだ、現実と向き合えずにいる。


首都高をおりて高樹町出口を抜ける頃《ころ》、ラジオから流れていたJ - POPの上にボブの歌声が重なった。ラジオを消して電話にでると、彩の甲高い声がいきなり耳に、突き刺さる。

「あー孝太ごめんごめん！　師匠に頼まれて、急に沖縄に出張することになっちゃってさ。そっからさっきまでずっと撮影で、電話でれなかったんだ」

彩の、あまりにあっけらかんとした様子に、俺は言葉を失った。携帯越しに、彩がカチッとライターで火をつけた音がする。

「怒ってたんじゃねぇのかよ?」

俺の声は自分でも思っていた以上に怒りに満ちていた。だって、あんまりだ。こんなにも心配をかけておいて、ただ仕事が忙しかったって、なんだよ。それに、すべては仕事なんだから仕方がなく、私に落ち度はまったくない、という彩の自信に満ちた言い方は、いつだって俺の神経を逆なでする。

彩が、フゥッと息を吐く音が聞こえ、「え、なんで?」。タバコの煙を吐きながら、彩はとても冷静な声を出した。ひとり熱くなっている、俺をバカにするかのように。

「……なんでって、記念日のことだよ。怒ってる感じでメールよこしただろ?」

怒りを呑《の》み込《こ》むようにして、努めて落ち着いた声を出した俺に、

「あぁ。でももういいよ。毎年のことで慣れてるし」

彩はそう言ってまたフゥッと煙を吐いて、「アハハ」と笑う。

「なに、笑ってんだよ?」

キレそうだ。

「え?　別に笑ってないよ」

「今、笑っただろ?」

「……どしたの?　なんでそうやってつっかかってくるの?　そりゃ、この前は傷ついたし怒ってたけど、孝太も悪気あったわけじゃないしって、広い心で受け止めて、もう別に怒ってないよってわざと軽く笑って言ってあげたんじゃない」

「……」

「それって、私の優しさだよ?」

「あ、そう」

じゃあ、自分の彼女が出張していることも知らずに、わざわざレンタカーまでしてお前んちまで謝りに向かった俺の気持ちは、どうなるんだよ。

彩にそう言ってやりたかったけど、それを自分の口から恩着せがましく繰り返すことも気が引けた。どうして彩は、俺の気持ちを分かろうともしないんだ。

「ねぇ、そんなことも説明しないと分からないの?」

そう聞かれたのは、俺だった。

「ふざっけんなよ! 何様なの、お前って?」

胸が、えぐられる想いがした。その痛みを隠すようにして、俺は大声を出していた。

「え……」

「え、じゃねぇよ! なんなんだよ、その上から目線。いっつもそうだよな。マジでむかつくんだよ、それ」

「……っていうかさ」

熱くなった俺に対して、彩の声がまたワントーン、低くなった。

「ていうかなんだよ?」

俺の怒鳴り声の後に、フゥッとまた、彩が小さくタバコの煙を吐く音がして、

「……また逆ギレですか？」

　彩が言い終わったのとほぼ同時に、俺は電話を切った。

「もしもし。あ、わりぃ。寝てた？　今さ、実はエミリんちの前にいるんだけど、ちょっとおりてこれない？」

　寝ぼけ声のエミリは驚きながらも「すぐに行くから、ちょっと待ってて」と言って、慌てた様子で電話を切った。俺は車のサイドブレーキを引いて、ラジオから流れる音が外に漏れているのが気になって窓を閉めた。

　シートを倒し、頭の後ろで腕を組んで横になっていると、さっきまでリスナーの女と電話をつないでくだらねぇ恋愛相談をしていたラジオDJのオッサンがやっと喋《しゃべ》り終わり、曲が流れ始めた。最近行ったクラブでも流れていた、耳馴染《みみなじ》みのある洋楽だ。R&Bは好きじゃないけど、今の俺には、妙に切なく胸に染みる。

　今まで、彩と別れることだけは、絶対にないと思ってきた。だって、高校時代から彩と共に過ごしてきた時間はあまりにも長く、いまさら別れて他人に戻るなんて、想像すらできないからだ。俺たちはもう、恋人同士の絆《きずな》を超えた家族みたいな関係だ。いや、もう何年も一緒に暮らしていない実の家族より、彩は俺にとって近い存在なのかもしれない。

　ずっとそう、思ってきた。

　だから、彩をふと遠くに感じる時、俺はたまらなくなって頭を抱えてしまう。どうしようもなく寂しくなって、怒りさえ感じてしまう。高3の秋、スタイリストを目指すと言い出した彩に、俺が反対して大喧嘩《おおげんか》になったのだって、結局は、彩が遠いところへ行ってしまいそうで怖かったからだ。

あれから、4年。スタイリストのアシスタントになった彩は、変わった。俺だけが、あの頃となにひとつ変わらない。夢に向かって前進していく彩に、ぽつんとひとり置いていかれていることを感じれば感じるほど、焦って何もできなくなる。そんな俺のだらけた生活を彩に指摘されるたびに、劣等感とプレッシャーに押しつぶされて、すべてが面倒臭く思えてしまう。

「大学生って一体なんなのよ」と、口癖のようにつぶやいては俺を見下す彩に、春からまた大学4年をやりなおすことになったなんて、絶対に言えない。言えばそのまま、彩を失うことになるような気がするから。

トントンッと助手席の窓ガラスを外から叩《たた》く音がした。我に返って振り向くと、エミリがパッと合った目線を恥ずかしそうに逸《そら》してから、唇をゆるませてそっと微笑《ほほえ》んだ。留年が決定し、企業に内定を取り消された日の夜、俺が突発的に声をかけていた、見るからに優しそうな女。

「なんか会いたくなって、突然来ちった」

俺がそう言うと、車のドアを開けたまま立ち尽くし、驚いたように目を丸くして、エミリは俺を見た。まだ眠たそうにむくんでいる目は少し赤く、右まぶたの上にはマスカラがついている。俺のために急いで化粧をしたエミリを思ったら、トゲトゲしくささくれ立っていた心が、急にふんわりとした温かさに包まれた。

「……コウちゃんに会いたかったのは、わたしのほうなんだよ」

エミリはそう言いながら助手席に体を滑り込ませ、白いコートの下で太ももまでずりあがったミニスカートの裾《すそ》を手で直しながら、小さな声で続けた。

「だって、わたし、コウちゃんから電話がきますようにって携帯握ったまま寝てたんだよ。そしたら、突然うちまで来てくれるんだもん。夢なんじゃないかって思っちゃったよ」

俺はエミリの体をまたぐように運転席から身を乗り出して助手席のドアを閉めると、そのままエミリに覆いかぶさりキスをした。エミリのふわっと柔らかな唇の感触を唇で味わってから、ゆっくりと舌を入れた。エミリの中は温かく、とろっとした唾液《だえき》はほんのりと甘く、俺はあまりの気持よさに目を閉じた。はじめは、俺のキスを受け入れるようにそっと唇を開いているだけだったエミリも、キスが深くなるにつれて俺に舌をねっとりとからめてきた。

エミリがスカートを押さえるようにして自分の太ももに置いた手が、とても冷たい。芯《しん》から冷えているようなその小さな指を太ももの上からどかし、もう片方の手で俺は助手席のサイドについているレバーを引いた。

「だ、だめ。うちの前だから、イヤ……」

シートごと後ろに倒されたエミリが、俺の体の下で首を小さく横に振った。少しおびえた様子で俺を見上げる、エミリの目。そこに映る、男としての自分の姿に酔った俺は、エミリをもっと征服したい衝動にかられた。

「声、出さなきゃ、大丈夫だって」

そう言って俺はエミリの口を左手で覆ってそっとふさぎ、右手をパンティの中に入れた。ぐっしょりと温かく濡《ぬ》れたそこをいじりながら、俺はエミリの柔らかな胸に顔を埋《うず》めた。

「……ん、んんっ」。俺の指のあいだから熱い息をもらすエミリの体に、俺は全体重をかけて抱きついた。まるで、赤ん坊が母親の胸に抱かれる時に得る温《ぬく》もりを、エミリの肌に探すようにして。

俺がブラウスの上からエミリの胸をまさぐっていると、一瞬ビクッとしてしまうほどに冷たいエミリの手が俺の顔に触れた。それはとても愛《いと》おしそうに俺の頬《ほお》をなでたが、その冷たさが俺をイラつかせた。俺はエミリから体を少し浮かせ、デニムをパンツごと下ろすと、エミリのブーツを履いた両足を持ち上げた。

「ねぇ、コウちゃん。わ、わたし、コウちゃんのこと…」

俺の手が口から外れた拍子に喋り出したエミリの唇を、もう一度左手でグッとふさぎ、俺はエミリの中に一気に入れた。エミリの体の中の温もりが、俺の一番敏感な部分に伝わって、俺を芯から癒してゆく。

彩と終わるかもしれない。そう思ったら、ひとりになることがたまらなく怖くなって、エミリを抱く腕に、力が入る。それでも、彩と別れることは考えられなくて、エミリの口をふさぐ手にも、力を、入れてしまう。

「ん！　んんっ！」

声にならないエミリの声が、車内に甘く漏れてはいやらしく響いている。もっと、もっと、もっと。俺は激しく腰を振り続けた。

ダラダラとこぼれ落ちてくる汗を拭《ぬぐ》って、閉め切っていた窓を少し開けた。真冬の冷たい空気が、汗に濡れた肌に気持ちいい。タバコに、カチッと火をつける。

「……なんか、ごめんな」

白い煙を、外の黒い空気の中に吐き出しながらエミリに言った。

なにも反応がないので、隣を見ると、エミリは今にも泣きそうな表情でうつむいていた。俺の視線に気づくと、下唇をキュッと噛《か》んだまま、ちょっと睨《にら》みつけるような上目使いで、俺を見る。

エミリはよくこの表情をするな、と俺は思った。わざとなのか天然なのか、男の俺でも一瞬疑ってしまうほど、エミリの甘えるような仕草はぎこちなく、そして時々わざとらしく見える。エミリは、女から、ぶりっこだと嫌われるタイプの女だろうな。――なんて、エッチが終わった途端、急に冷静になってエミリを客観視し始めた自分に、ハッと気づいて苦笑した。

「ごめんって言われると、わたし、悲しくなっちゃうよ。だって、わたしは嬉《うれ》しかったのに、なんで謝るの？　コウちゃんが来てくれて、わたし、すっごく嬉しかったんだから……」

そう言って、涙をボロボロと流すエミリに驚いて、俺は何も言えなくなってしまった。肩を震わせてすすり泣くエミリを見ていたら、ぶりっこ、なんかではなく、俺が、この子を泣かせるほどに傷つけているんだと思った。謝らないでと言われても、余計に申し訳ない気持ちでいっぱいになってくる。エミリは、俺を買いかぶりすぎている。

「俺、エミリが思っているような男じゃないよ」

それが、エミリが聞きたがっている言葉じゃないのは分かっていた。でも、それくらいしか、俺がエミリに話せることはなかった。

「大学も、もうすぐ卒業するはずだったのに、留年しちゃってさ、会社からの内定も取り消されるし、ほんと、俺って、どうしようもない奴《やつ》なんだよ」

彩にはどうしても言えないことを、エミリに対しては、的外れの言い訳のように使っていた。

「そんなのどうでもいいよ。わたしは、コウちゃんが……」

そこまで言って言葉を詰まらせたエミリを見て、俺はたまらなくなって、エミリを抱き寄せた。エミリの首筋に頬をつけると、彩のつけている女っぽい香水とは違う、赤ちゃんがつけるベビーパウダーのような甘い香りがフワッと漂った。

「……ねぇ、わたし、家に戻らなきゃダメ?」

そう言ってエミリは、俺の首に両腕を巻きつけて俺にギュッとしがみついてきた。俺は、それを受け入れるようにしてそっと両腕をエミリの背中に回した。

「……コウちゃんちに、泊まっちゃダメ?」

こんなどうしようもない俺なのに、この子は、俺をこんなにも求めてくれる。嬉しかった。「いいよ」と俺が答えると、エミリは肩を上下に揺らしてさらに激しく泣き出した。

「なんで泣くんだよ？　泣くことないじゃん」

「……だって、だって寂しかったんだもん。だって、今、すっごい嬉しいんだもん」

涙交じりのエミリの言葉に、つい頬がにやけてしまう。俺はエミリの背中をトントンと優しく叩いてなだめながら、男としての自尊心が、エミリという女によって、心地よく優しく、満たされてゆくのを感じていた。

俺のベッドでまだ眠っているエミリの肩を軽くゆすって起こし、鍵《かぎ》を置いておくから帰る時はポストの中に入れておくようにと伝えてから、俺はアパートを出てバイトに向かった。駅まで歩く途中、デニムのポケットに入れっぱなしにしていた携帯を開いてみたけど、彩からの着信もメールも入っていなかった。

「お、きたきた、生放送！」

バイト先のカラオケで注文されたウーロン茶を用意していると、モニターを指差しながらシゲが言った。俺たちが生放送と呼んでいるのは、各部屋にモニターがついていることを知らないのか、知っているけどおかまいなしなのか、カラオケの個室の中でセックスをするカップルの映像だ。モニターをのぞき込むと、ソファの上で男が女の上に乗っかってキスをしているのが見えた。

俺たちは笑いながら、男が女のパンティを脱がす様子にダメ出ししたりして盛り上がった。男が女のブーツを履いた足を持ち上げたのを見て、俺は、昨日のエミリとのセックスを思い出した。部屋に入るなり玄関で、それこそエミリがブーツを脱ぐ間も与えずに1度して、それからベッドでもう1度。車の中でしたのを合わせると、ひと晩で3度もセックスした。

俺は、隣ではしゃいでいるシゲをたしなめるように小さな声で、「なぁ」と話を切り出した。

「女に、〝中で出して〟って言われたことある？　いや、直接そう言うわけじゃないんだけど、なんかこう、俺がイク時に抜こうとすると両足で俺の体を引き寄せるっていうか、抜かせないようにしてくるっていうか」

彩のことだとばかり思って笑い、俺をちゃかしてきたシゲは、相手が彩じゃないと分かった途端に、顔色をかえた。なんなんだよ、その女、とエミリを攻撃する口調の裏には、俺への軽蔑《けいべつ》が確かに含まれていた。俺がエミリをかばうようにして、出会いから今までのことをひと通り説明しても、彩をよく知るシゲは最後まで、「その女と深入りするな」の一点張りだった。

まだ自分も学生なのに、出会ったばかりで付き合ってもいない男に中出しを求めてくるなんて、どうしようもない女だとしか思えないとシゲは言った。確かに、そう言われてみればエミリは情緒不安定なところがあるし、何を考えているのかイマイチよく分からない。

「それにお前、彩ちゃん、どうすんだよ。バレる前にちゃんと考えたほうがいいぞ?」

吐き捨てるように言ってから、シゲは俺の用意したウーロン茶をトレーにのせ、そそくさと去っていった。

モニターの中の男が、サルみたいに腰を振っている。俺はもう、笑えなかった。シゲの、俺を見る目が、ショックだった。

こんなつもりじゃなかったんだ…。エミリに声をかけた時は、留年した気晴らしにカノジョ以外の女とデートでもして遊びたい、くらいの軽い気持ちだった。それが、彩とのあいだのミゾが深まるにつれて、そこを埋めるようにして、エミリとの関係が深くなり始めている。シゲの言うように、彩に浮気がバレてたり、エミリが妊娠したりしたら、大変なことになる。

終電の時間ギリギリまでのシフトを終え、満員電車に揺られながらも、シゲの言葉が頭から離れなかった。また、エミリを抱きたくなる衝動を抑える自信はなかったけど、しばらく、エミリと会うのはやめようと、俺は自分に言い聞かせた。

アパートに戻ると、ポストの中に鍵はなく、部屋のドアは開いていた。

「コウちゃん、おかえり」

エミリの声がして、部屋の中からはカレーの匂《にお》いがした。今日、一度家に戻って自分の荷物を運び込んできたのだろう。エミリの靴がところ狭しと並べてあるうちの玄関に、俺は茫然《ぼうぜん》と立ちつくした。

Scene 6 ----------- 彩

——コウちゃん。

私の孝太に、

いつの間にかつけられていた、

別の呼び名。

他の女によって

発音されたその音に、

私は猛烈な違和感を覚えた。

肌が荒れているね、と言われただけで自分でも驚くくらい、傷ついてしまった。

沖縄から戻ってからの2週間、仕事漬けでほとんど寝ていないからか、そのあいだずっと孝太と連絡を取っていないからか、生理中だからなのか、情緒不安定気味になっている自分に、私は初めて気がついた。高校時代からの親友である陽子に肌荒れを指摘されただけでショックを受けるなんて、よっぽどだ。肌だけじゃなく、今の私は、いたるところが、ボロボロな状態なんだと思う。

陽子が渡してくれた蒸しタオルを顔に押し当てながら、私はソファに横になって目を閉じた。

「……これ、甘い香りがする」

タオルの下からもごもご言うと、「うん、アニスの香り。ちょっぴり薬っぽいでしょ？　でもさっき腰が痛いって言ってたから、ブレンドしてみたんだ。生理痛に効果があるんだって」と、陽子が得意げな口調で教えてくれた。

「ふ〜ん。そういえばアロマも勉強してるって言ってたもんね。なんかすごい」

陽子は慣れた手付きで、蒸しタオルの上から私の顔のツボを押し始めた。陽子の指は、両サイドからグッと私のこめかみを押したかと思うと、今度はクイッとまぶたの上のツボを刺激する。滑るような指の動きと、ピンポイントでツボを刺激する絶妙な力加減。あまりの気持ちよさに、ふわぁと全身の力が抜けてゆく。

陽子はエステティシャンとしてサロンで働いている。私はたまにこうしてオフの日に彼女のアパートに来て、フェイシャルの練習台になっている。蒸しタオルを私の顔からはずすと、陽子は化粧水を自分の手のひらにたっぷりとのせ、それを私の肌にパタパタと叩《たた》き込んでいった。

「すっごくきもちい」

思わず口に出すと、「マッサージはこれからだよ」と、小さく笑った陽子の嬉《うれ》しそうな声が上から降ってきた。前に陽子にフェイシャルをしてもらったのは、数か月前。そのあいだに、陽子は明らかに腕を上げた。私はそのことに、なんだかとてもなぐさめられる思いがした。夢に向かって頑張っているのは私だけじゃないんだと、心強く思えたから。


「彩！　終わったよ！」

陽子の声に驚いて目を開けると、部屋がさっきよりも薄暗くなっていた。どうやら私はマッサージ中に眠ってしまったようだ。それも、かなり深く。目を開けたそばから、またまぶたが落っこちてしまいそう。意識がもうろうとして、頭も、少し痛い。

「彩、相当疲れてるんだね。すぐに口ぽかんって開いて寝てたよ。無防備でけっこう可愛《かわい》かった」

クスクス笑いながら、すぐ向かいにある小さなキッチンに立った陽子の背中をぼんやりと見て、私はやっとの思いで上半身を起こした。

はぁー。体が重くて、大きなため息が漏れる。

「本当ならここでハーブティを出すんだけど、今うちにないから普通の紅茶でいい？」

私のほうを振り返って聞いた陽子に、「もしあれば、コーヒーがいい」なんてわがままを言って、さっきからズキズキと痛んでいるこめかみを両手で押さえた。

「えー、本当はあんまりよくないんだよぉ」と言いながらも陽子が淹《い》れてくれたコーヒーをひと口飲んで、私はまた、大きなため息をついていた。最近、気づくとため息をついている。

「彩、仕事、ずっと忙しいっぽいね」

陽子はそう言って、ソファに座る私に向き合って、床にペタリと座った。

「うん。なんか、忙しすぎて、その原因さえよく分からないくらいに、ぜんぶがボロボロになる」

言葉にすると、今の私は本当にそんな状態なんだと思った。冷戦状態の孝太との関係も、もちろん、私を悩ましていることのひとつだけど、そのことを考える余裕すらないくらいに、私は疲れてしまっている。

「ねぇ、ちゃんと泣いてる?」

私たちのあいだにある小さなローテーブルの上に、紅茶の入ったマグカップをカタンと置いてから、陽子は聞いた。「もう長いこと泣いてないなー」と私が答えると、陽子はとても真剣な口調で、「それはダメだよ」と言った。

「涙を流すって、一番のデトックスだから。大事なんだよ?」

「そう言われても、泣くヒマもないっていうか。泣くまで何かを考える余裕もないっていうのかな」

「えぇ、それは違うよ」

陽子はハッキリと否定した。「きっと、なんだかんだ言ってもいろいろとうまくいってるんじゃない? だって、ものすごく悲しいことがあれば、人はその場で泣き崩れるもの」

陽子の前で、私が涙を見せたのはあの時だけだった。ズキッと鋭く脈打つように、胸が一瞬、当時の痛みを思い出す。

「うん、そうだね。私、泣き崩れたよね、あの時…」

高校生活が終わり、私と孝太がそれぞれの道に進学した春だった。大学生になった孝太は、新歓コンパやらサークルの飲みやらに積極的に参加しているようだった。新しい環境に浮かれているように見えた孝太が気にならなかった、といったらウソになるけれど、スタイリストの専門学校に進んだ私は私で、学校の課題とバイトに追われる忙しい日々を過ごしていた。

生活の変化の中で、私たちは自然と連絡が途絶えがちになっていったように装っていたけれど、本当はわざと、お互いを避けるようにして新生活に没頭しているところもあった。春休みのあいだに起こったあることから、逃げるようにして。

そして、それまでは毎日一緒にいることが当たり前になってしまっていただけで、孝太がいなくてもやっていけるかもしれない、と新生活に慣れた私が、孝太との別れを考え始めていた頃、孝太の浮気が発覚した。孝太が、他の女の子に宛《あ》てたメールを間違えて私に送ってきたのだ。オレには彼女がいるのにごめん、という妙な緊迫感をもったおかしな内容だった。すぐに孝太に電話をして問い詰めると、相手は同じサークルの女の子で、酔ったはずみで一度セックスしてしまった、と、とても小さな声で、でも正直に孝太は白状した。

あんなことがあった後での、信じられない裏切りだった。あの時、私がどんなに傷ついたことか。心臓を、真っぷたつに引き裂かれた感じだった。麻酔もせず、突然、もっとも乱暴なやり方で…。

「あの時、孝太も泣いてたよね。彩を失わないために、本当に必死だったよね、孝太。私、けっこう衝撃だったかも」

マグカップの中のティーバッグを上下に揺らしながら、懐かしそうに陽子が言った。陽子も見ている前で、孝太は涙を流しながら私に土下座したのだ。

会いたくない、と孝太からの連絡を無視して陽子のアパートに数日間泊まり込んでいた私に、孝太は毎日謝りに来た。私を見るだけで孝太の目には涙がたまり、それを隠すようにして下を向き、日に日にやつれていった頬《ほお》を涙でびしょびしょに濡《ぬ》らしながら、許してほしい、と孝太は何度も私に頭を下げた。本当に反省しているのは、誰の目にも明らかだった。

「でも、孝太のこと、また、信じられるようになるか分からない」

私が孝太にそう告げると、彼は陽子のアパートの前のコンクリートの廊下に額をべったりとくっつけて、私に土下座をしたのだ。いつもは人にどう思われるかを気にするタイプの孝太が、私だけでなく陽子が見ている場所でそんなことをするなんて、信じられなかった。私はなぜだかとても、切なくなった。頭で考えるよりも先に、私は孝太のそばにしゃがみ込み、彼を抱きしめていた。

「ありがとう。傷つけたこと、ぜんぶ、償うから。絶対に、もっと大切にするから」と、孝太はその時、私に言ったのだった。

「あれからもう、4年経《た》つんだねぇ」という声に我に返ると、最近はどう、と問いかけるように、目の前の陽子が黙って私を見つめていた。

そうか、あれからもう4年…。あの日の約束は、今も、守られているように思う。

「孝太は、孝太なりのやり方で私を大事にしてくれてるよ。この前も、ケンカっていうかまぁ、ちょっともめたんだけど、私に謝るためにわざわざレンタカーして、うちまで来てくれた」

「うまくいってるんだね、ふたりはさ、」とほっとした様子で話し始めた陽子を、私は「でも」とさえぎっていた。

「……孝太を見ているとね、イライラしちゃうの。アシスタント始めてからは、もう特に。私に余裕がないからかな。仕事に忙殺されながらも必死に頑張っている自分と、大学生って肩書きにアグラかいてダラけた生活をしてる孝太を、つい比べちゃうんだよね」

「んー、まぁね、でももう孝太も卒業じゃん。社会に出れば大人にならざるを得なくなるんだからさ、孝太は、これからだって！」

そうだよね、と答えながらも、どうだろう、と孝太をまだ疑いながら、私はすこしぬるくなったコーヒーをすすった。孝太はこの春、唯一内定を出してくれた会社に「仕方ねぇから」入るという。こんな仕事がしたかったわけじゃない、とかなんとか、文句ばかりたれている孝太が、目に浮かんでしまうのだ。

「ふたりには、ずっと仲良くしていてほしいんだ。高校時代から、ずっと見てきたから。本人たちにしか分からないこともあると思うけど、近くで見てる私からしたら、ステキなカップルだよ、あんたたち」

ありがとう。ありがとう、陽子。

何度もお礼を言ってから、私は陽子のアパートを出た。外はすでに真っ暗で、とても冷たい夜の空気は私に、孝太と過ごした、高校時代の放課後を思い出させた。私も孝太も、冬の公園が、大好きだった。電話でもメールでもなく、孝太に会いに行こうと私は思い立った。孝太がこの前、来てくれたように。

中から白い湯気がのぼるコンビニの袋を手にさげながら、私は孝太のアパートの階段をあがった。孝太に一方的に電話を切られて以来、会うのはもちろん話をするのも2週間ぶりだ。まだ、怒っているかもしれない。

部屋のドアの前で立ち止まると、私はコンビニの袋の中身を確認するように目線を落とした。気まずさを拭《ぬぐ》い去《さ》るための、肉まんとあんまん。ちゃんと〝こしあん〟だよ、と私が言えば孝太はきっと、笑ってくれる。私はインターフォンを押した。

反応がないのでもう一度押したが、やはりドアの向こうは静まり返ったままだ。ジャケットのポケットから携帯を取り出して時間を見ると、まだ9時過ぎ。もしかしたら孝太はバイトに行っているかもしれない。それなら部屋に入って待っていよう、と私はバッグの中をごそごそやって、合い鍵がついているキーチェーンを探した。

「孝太？　いないのー？」

部屋に入っても返事はなく、なんだやっぱりバイトなんだとガッカリしていると、後ろで突然、バタンッと大きな音を立ててドアが閉まった。急に真っ暗になった空間の中に、不意打ちに孤独が私を襲ってきた。慌てて壁に手を這《は》わせ、スイッチを上げたその瞬間、私はパニックに陥った。間違えて、孝太ではない他人の部屋に入ってしまったようだった。

「あ！　すみません！」

とっさにそう叫びながら、私はさっき閉まったばかりのドアを押し開けた。でも、私が持っていた鍵で、このドアが開いたことを思い出した。口にたまっていた唾液《だえき》をごくりと飲み込んでから、もう一度、玄関を振り返った。

あきらかに私の趣味とは違う、女モノの小さな靴がずらっと並ぶ玄関の端に、私の知っているスニーカーがあった。孝太の去年の誕生日に私があげた、GUCCIの白い、スニーカーだ。

今、自分の目に映っているこの画が何を意味するのか、まったく理解ができなかった。孝太が、私が、何かの事件に巻き込まれてしまったような気がして、誰かの悪意に満ちた冗談にはめられたようにしか思えなくて、脈がドクドクと速くなった。自分の心臓の音が、聞こえるようだった。

息が苦しくなってきて、私は、どうやって呼吸するのかを思い出そうと必死だった。そうだ、鼻で空気を吸うのだ、と自分に言い聞かせながらゆっくりと鼻から空気を吸い、次は口から吐くのだ、と頭の中で考えながら、空気を口からゆっくりと吐いた。それを何度か繰り返すと、ようやく息ができるようになった。

両手につけたままのグローブが邪魔で、着信履歴の中から〝孝太〟をうまく探せない。グローブを外す時間も惜しいほどに早く孝太に電話をかけたいのに、なかなかボタンをうまくスクロールできなくて、私は焦ってしまった。額からイヤな汗が、流れてきた。

そうだ、ずっと連絡を取り合っていなかったから履歴の中に孝太の名前がないのだ。そのことにやっと気づいた私は、アドレス帳の中から〝孝太〟を探し出し、グローブをした指で、力強く、発信ボタンを押した。

「トゥルルル、トゥルルルル……」

発信音はしているのに、なかなか孝太は電話にでない。さっきまであんなに寒かったのに、息があがるほどに、暑くてたまらない。

「トゥルルル、トゥルルルル……」

趣味の悪い若い女が買いそうな、1足5000円を切る安っぽい靴に1ミリたりとも触れぬよう気をつけながらも、貧乏ゆすりが止まらなくなった足をトントン揺らしていると、私のブーツのヒールの下に、柔らかいものをぐちゃっと踏みつけた感触がした。

「こちらはａｕお留守番サービスです」

携帯を耳から離して足元を見ると、ビニール袋から飛び出したあんまんがつぶれ、中身のこしあんがドロリと床に飛び出していた。ウッと、喉《のど》から声が出た。胃の中のものが逆流して喉までのぼってきたのを感じた私は、慌てて口を右手で押さえながら、左手でドアを開け、逃げるように孝太の部屋を出た。

ダンダンダンッと、自分の耳にもうるさいほどにヒールの音を響かせて階段を駆け降りていると、階段の前に立ち尽くし、私を見上げている女の子と、目が合った。

明るいブラウンに染めたセミロングの髪に、透き通るような白い肌。まだ10代後半、大学生だろうか。ぽっちゃりした体形が、彼女に優しそうな印象を与えているけれど、目には、頑固さを感じさせるようなキツさがある。

彼女が視界に入ってからの、ほんの数秒のあいだに、私はほとんど確信していた。フードにフェイクファーのついた白いパーカに淡いピンクのミニスカートを合わせている彼女の服のテイストと、孝太の玄関に並んでいた安っぽい靴たちが、私の中で、ピタリと一致したからだ。

だっせぇ女…。

その瞬間、さっきまでの混乱が嘘《うそ》のように、私は冷静さを取り戻した。ショックによる興奮で頭にカーッとのぼっていた血が、サーッと一気に足のほうへ引いてゆくような感覚だった。

気がつくと、階段を駆け降りていたはずの私の足は最後の一段の上で止まっていて、私をじっと見つめている彼女から、私も目を離せなくなっていた。

彼女に何を言おうとしたのかは自分でも分からない。でも、胸から込み上げてきた感情に押されて、何かしらの言葉が私の口から飛び出しそうになった。その瞬間、私の手の中で携帯が鳴った。ボブ・マーリーの「ノー・ウーマン・ノー・クライ」。

孝太だ。

さっきから私をジッと見つめていた彼女の目線が、少し左右に揺れた気がした。私は、動揺している彼女を逃がさない、という気持ちで彼女の目をきつく睨《にら》みつけながら、通話ボタンを押した。

「孝太?」

電話にでるなり私が孝太の名を口にすると、女の子の目線が初めて私の目から外れ、それは私たちのあいだの空気の中を不安定にユラユラと泳ぎ始めた。相手の心が乱れたことが分かると私はより冷静になって、どうにかして彼女を泣かしてやりたいと考え始めた。

「ねぇ、孝太、今、どこにいるの？」。わざと私は、孝太、ともう一度名前を呼んだ。女の子が頭を下げてうつむくまでの数秒のあいだに、彼女の目に涙がたまっているのが見えた。泣けよ、ブス。

「えー、今？　バイト中だよ」なんて、平然と答えている孝太は、なんてアホなんだろう。私はなんで、こんなアホと付き合っているんだろう。

「つーか、なんで連絡くれなかったんだよ？」

私がしばらく黙っていると、私の様子がおかしいことに気づいたのか気づいていないのか、孝太はすぐに私を責めるような口調になった。きっと、バレては困ることがあるからだろう。私を裏切り、その罪悪感と焦りから、私に対して強気な態度を取るなんて、許せない。

「今、孝太んち来てるんだけどさぁ」

私が言うと、スッと息を呑《の》んだようにして黙った孝太を、私は心の底から憎いと思った。焦れ。混乱しろ。慌てふためけ。いっそ、そのまま死んでしまえ。

電話の向こうにいる孝太と、目の前にいるこの女。ふたりを傷つけてやりたい一心で私は続ける。

「あんまん、買ってきたんだけどね。孝太とよく一緒に食べたなって懐かしく思って。でも、玄関にさ、センスの悪い靴がいっぱいあって。ビックリして、あんまん落としちゃった」

黙りこくる孝太と、うつむいたまま顔をあげない女。ふたりの沈黙の中で、私の怒りは爆発寸前まで膨らんでゆく。

階段の上から、私は彼女を見下ろした。彼女の体を上から下まで舐《な》めまわす。スカートから突き出たむっちりとした太ももを、小さなハートがちりばめられた柄タイツが、O脚ぎみのふくらはぎを、足首丈のムートンブーツが、さらに太く短く見せている。

「……野暮ったい女がさ、」

私は口に出して言った。女が、私の言葉に反応して肩をビクリと動かした。泣けよ、早く。

「今、私の目の前にいるんだけど、孝太の玄関にある安っぽい靴、彼女のでしょ?」

言い終わった瞬間、泣きそうになったのは女ではなく、私のほうだった。それがバレてしまわないように私は焦って電話を切り、階段を降りて女の横をすり抜けた。怒りに熱せられた涙が、今にも目からこぼれ落ちてしまいそうで、足をさらに速めたその時、

「あ、あの……」

後ろから聞こえた女の声に、私は思わず立ち止まり、彼女のほうを振り返ってしまった。真っ赤な目をした私を見ても表情ひとつ変えない女の目に、涙なんて、1滴たりとも見つからなかった。

「彩さんですよね。コウちゃんから、聞いていています」

——コウちゃん。私の孝太に、いつの間にかつけられていた、別の呼び名。他の女によって発音されたその音に、私は猛烈な違和感を覚えた。

孝太が私を裏切って、目の前にいる女と浮気をしていたということが決定的な事実となり、急に現実味をもって私に迫ってきた。

「わたし、エミリって言います」

人の男に手を出しておいて急に自己紹介を始めたこの女のあまりの図々しさに、耳を疑った。

「コウちゃんのことを好きな気持ちは、彩さんには負けません」

まさかの、宣戦布告だった。数いる女の中で、よりによってこんなにも魅力のない女を相手に浮気するなんて、私をバカにしているとしか思えない。

「私、スタイリストなんだけど、これから打ち合わせがあるから、エミリちゃんと話してる時間ない」

私はそう言って、彼女に背を向けて歩き出した。

聞かれてもいないのに、そして本当はまだアシスタントでしかないのに、自分のことをスタイリストだと言ったことには少し恥じらいを感じたけれど、どうしても言わずにはいられなかった。私はあなたとはレベルの違う女だということを、あなたと同じ立場で争うような女じゃないことを、彼女にどうしても分からせてやりたかった。あえて〝ちゃん〟付けで呼んだのだって、私にはそれだけの余裕があることを見せつけてやりたかったからだ。

だって、めちゃくちゃ傷ついた。死ぬほど、悔しくて、彼女に背を向けた瞬間に、目から涙が噴き出した。私の後ろ姿をまだ見ているだろうエミリに泣いていることを気づかれたくないので、涙を手で拭うこともできず、私は頬をびしょびしょに濡らしたまま歩き続けた。

「わたし」

エミリの声が後ろから聞こえたが、私は無視して歩き続けた。すると、

「わたし、今、妊娠していて、コウちゃんと結婚することになったんです！」

そう、聞こえたような気がした。ハッキリと、そう聞こえたように思う。私は思わず、走っていた。エミリの言った言葉の意味を考えてしまうことから逃げるように、全速力で。

携帯ショップの横に立てかけられたいくつもの宣伝用の旗が、風でバタバタと揺れている。その横を一気に駆け抜けると、やっと駅が見えてきた。息が苦しくて苦しくて、すぐにでも立ち止まりたいけれど、足を止めた途端、私の身に起きた現実に追いつかれてしまう気がして私は走り続けた。

吐く息はとても白いのに、汗が止めどなく流れてくる。さっきからずっと鳴り続けている携帯を握っている手のひらが、汗でヌルヌルする。ここまで走ってくるあいだに欠けたのだろうブーツのヒールが、コンクリートを蹴《け》るたびにガリッと嫌な音を立てる。冷たく乾いた空気を吸い込みすぎた胃が、キリキリと痛む。孝太からの耳触りな着信音が、うるさくって仕方がない。

今すぐに電話にでて、思いつく限りの言葉を使って孝太を罵倒《ばとう》してやりたい。でも、その衝動を抑えきれない心とは裏腹に、今は、孝太の声を聞くことを体が受けつけない。鳴りっぱなしの携帯を握りしめたまま、私は欠けたヒールでコンクリートを蹴り続けた。

でも、どんなに速く走っても、孝太に聞きたいことが次から次へと頭に浮かんできては、私の心をグチャグチャにかき乱す。涙は止まらず、それはダラダラと頬を伝っては乾いて切れた唇へと染み込んで、そのたびにヒリヒリと私を痛めつける。

汗ばんできた首に巻き付けていたパシュミナをはぎ取ると、私はそれで唇に染み入る涙をグッと拭った。その拍子に携帯が地面に落ちて、孝太からの着信音が一瞬途切れた。足を止めて携帯を手に取ると、すぐにまた同じメロディが鳴り始める。思い出したくもないのに、孝太の言葉が次々と脳裏にフラッシュバックする。

「女の人を泣かしてはいけないってことを歌っている曲なんだ」って、孝太は私に説明した。「大切な彩を俺《おれ》はもう二度と泣かせたくないんだ」って、あの時孝太はそう言って、この曲を自分からの着信音として私の携帯に設定した。「俺も彩からの着信はこの曲にしたから」って、「おそろいだから」って、「彩が忙しくて会えない時も俺たちはつながってるから」って、孝太は言って、私を抱きしめた。

「もう二度と浮気なんかしない、本当にごめんね」って、何度も何度も謝りながら、孝太は私に抱きついた。

黙れ。

嘘つき。

黙れ。

しつこく私に電話をかけ続ける孝太をぶん殴るような気持ちで、私は思いっきり携帯を地面に叩きつけた。ガチャッという乾いた音と共にボブの歌声はやみ、落ちた衝撃で外れた携帯の電池パックと共に、その裏についていた孝太とのプリクラが顔を出した。

そこに貼《は》ったことすら忘れていた、2年前のクリスマスイブに渋谷で撮ったプリクラだった。足の力が抜けて、膝《ひざ》がコンクリートの上にストンと落ち、私はその場に座り込んでいた。電池パックを手に取ると、視界の中のプリクラがみるみるうちにぼやけていった。まばたきをして涙を落とすと、ウインクをして唇をとがらしている私の頬にキスをする孝太の横顔と、その下にデカデカと書かれた「大好き」の文字が見える。

下手くそな、孝太の字。やり切れない想いに胸が引き裂かれ、そのあまりにも鋭い痛みに私は嗚《お》咽《えつ》した。口からドロリと流れた唾液を拭いながら、私は必死に自分に言い聞かせる。考えてはダメ。何も感じちゃダメ。こんな状況と、こんな感情と、正面から向き合ってしまえば私は壊れてしまう。それでも、額をコンクリートに勢いよく打ちつけたら一瞬で死ねるだろうか、なんてことを私はふと、考えてしまった。

でも、そうする代わりに私は、唇を力いっぱい噛《か》みしめた。思考回路をすべて遮断して、吐き出しそうな感情を中へ中へと押し込んだ。携帯を拾って電池パックと一緒にコートのポケットに突っ込むと、私はゆっくりと立ち上がり、駅のほうへと歩き出した。

全身にかいた汗が夜の空気に冷やされ、あまりの寒さに身震いしてしまう。駅前を行き来する人たちの話し声や笑い声が、やけに楽しそうなリズムをもって私の耳に入ってくる。みんなはこんなにもしあわせそうなのに、どうして私だけがこんな目に合わなきゃならないんだろう。

さっきから、みんなが目を丸くして私のほうを振り返る。彼らの目に映っているだろう、今の自分の姿を想像するだけで、あまりの惨めさに死にたくなる。歩くたびに、ゆるみきった涙腺《るいせん》に刺激されるように、鼻からポタポタと、水のような鼻水が垂れてくる。でも、泣き声を殺すことに必死な私にはもう、それを拭うだけの気力は残っていない。

改札を通り、走り疲れた足を引きずるようにしてゆっくりと歩いていると、太ももにベトリとした不快感があることに気がついた。ちょうど通り過ぎようとしていたトイレに入り、私は和式の便器をまたいでパンツを下ろす。ナプキンから生理の血が漏れて、足の付け根が汚れていた。真っ赤な血を見て、私は、妊娠したので結婚すると言ったあの女の声が頭の中に響き出し、同じように孝太の子を妊娠して、中絶した自分の過去を思い出した。

鼻の先をツンと突く、アンモニアと血の匂《にお》いが混じったような女子トイレ独特の異臭の中で、意識がフッと遠のいてゆくのを感じた。


「倒れそう迎えにきて」

私はどうして、陽子ではなく岡崎にメールを、送ったのだろう。気を失いそうなほどに弱っていたはずなのに、電池パックを携帯の中にはめ込み、電源を入れ、必死になって文字を打ち込んだ。

あの時、私がまっさきに助けを求めたのは、親友ではなく師匠だった。それはきっと、岡崎隼人というひとりの男に、女の私が救いを求めていたからだ。

Scene 7 ---------→ エミリ

埋めて。

わたしを、埋めて。

ナニカで、ドコカを、

苦しいくらいに埋めていないと、

ココロの隙間に風が吹いて、

アタマがおかしくなってしまう。

寂しい。

冷蔵庫の扉を開くと、涙で火照《ほて》っていた頬《ほお》に、冷気がスーッと当たって気持ちがいい。2週間前、家を飛び出してコウちゃんちに転がり込んだ時は、ここにはもう二度と戻らなくていいような展開になるのを願っていた。

でも、こうして実家のキッチンで、冷蔵庫の前にひとりベタリと座り込むと、乱れていた気持ちが少しずつ落ち着きを取り戻してゆくのを感じる。

ここは、わたしの定位置なのだ。

まず、昨日、家族の誰《だれ》かがとった残り物のピザを、冷たいまま4枚ペロリと食べた。そして野菜の引き出しから、レタス、きゅうり、トマト、にんじんを取り出して、マヨネーズをつけて丸ごとかじりつきながら、ヤクルトを6本、次々に開けては全部飲み、妹のマミが入れておいたのだろう板チョコを2枚発見して、それも食べた。

久しぶりだからか、それだけで胃がキュッと苦しくなるのを感じた。わたしは冷蔵庫の扉を開けっぱなしにしたまま、トイレへと歩く。便器のフタを上にあげて、顔を下に向けると、今さっき食べたものがすべてグチャグチャになって、白いトイレの中へと一気に落ちてゆく。

うえっ。それらが喉《のど》を逆流してゆく感触がたまらなく気持ち悪くて、さっきからずっと流れ続けている熱い涙とは違う種類の涙が、ツーッと頬を滑り落ちる。

彩の存在は、コウちゃんちに転がり込んだ翌日に知った。コウちゃんがバイトに行った後で、彼の机の引き出しの中を探っていたら、同じ女の子と撮ったプリクラがたくさん出てきたのだ。

ショックだった。ギャルっぽい文字で書かれた〝彩〟という名前の上に写っている女の子が、あまりにも細くて、ものすごく可愛《かわい》かったからだ。彩は、わたしがコウちゃんと初めて出会った時に、コウちゃんのようなカッコイイ男の子にお似合いだろう女の子としてわたしが想像したとおりの、オシャレでセクシーな、オトナの雰囲気をもっていた。コウちゃんの元カノが、わたしとはまったく逆のタイプの女の子だということに、何より傷ついた。

そう。プリクラの端にプリントされた日付はどれも1年以上前のものばかりだったから、わたしはてっきり彩はコウちゃんの前の彼女だとばかり思っていた。なんといってもわたしとコウちゃんの関係は一緒に暮らすところにまで発展したわけだし、口に出して言われたわけではないけれど、わたしたちは付き合い始めたのだと、わたしは信じていた。

バイトから帰ってくるコウちゃんを、アツアツの料理で迎える日々はとても楽しく、コウちゃんもまた、わたしが家にいることを喜んでいるように見えた。１日に何度も何度もエッチをして、そのたびにわたしはコウちゃんのカラダにしがみついた。

一度だけ、「避妊しよう」とコウちゃんに言われたけれど、わたしが首を横に振ったら、それからはずっと、コウちゃんはわたしの中でイッてくれる。そのたびに、わたしはとても満たされた気持ちになる。

ただひとつ、エッチの最中にコウちゃんがわたしにすることで気になることがあった。「好き」とわたしが言おうとするたびに、コウちゃんは右手でグッとわたしの口をふさぐのだ。コウちゃんが最初にそれをしたのは、わたしの実家の前に止めた車の中で、その時は、エッチな声が漏れるのがマズイと思ってのことだと思っていた。その後は、Sっ気のあるコウちゃんのちょっぴり荒いプレイのひとつなのかもしれない、とも考えた。

でも、わたしは、プリクラが入っていたのとはまた別の引き出しの中に、見つけてしまった。彩からの手紙。その中で彩は、コウちゃんに対して何度も何度も、「好き」とか「愛してる」という言葉を使っていた。そして、コウちゃんの携帯の、バッテリーケースを外した場所に見つけたあるモノに、わたしはトドメを刺される想いだった。

そこには、とても大事そうに、コウちゃんが彩の頬にキスをしているプリクラが貼《は》ってあった。「大好き」。プリクラの中に書かれていた、初めて目にするコウちゃんの筆跡に、まだそこに彩がいたという事実に、わたしは、泣き崩れた。

いびきをかいて眠っているコウちゃんの横で、わたしは彼の携帯のバッテリーケースをそっと元に戻し、今までずっと見たいと思っていたけど、どうしても怖くて触れることのできなかったボタンを押して、メールボックスを開いてみた。

彩とまだ付き合っているのかを確かめるために開けたそこは〝彩〟だらけで、わたしの名前が見つからなかった。今まで送り合ったメールをすべて消されていたのは、わたしのほうだった。

トイレのレバーを引くと、ほとんど水分を含まないドロリとした嘔吐物《おうとぶつ》がゆっくりと奥に吸い込まれ、水に流されて消えていった。その様子を涙でぼやけた視界の中でしっかりと見届けると、わたしは再びキッチンへと戻り、冷凍庫の引き出しを開けてアイスクリームの大きな箱を取り出した。キッチンシンクの下の引き出しの中から銀色のスプーンを取って、わたしはアイスクリームの箱を抱きかかえたままトイレへと歩いた。

右がヴァニラで、左がチョコレート。パパがチョコレートのほうばかりを食べたのだろう、左側ばかりが減っている。わたしには、誰にもあげる人がいないのに、カスミとユカの買い物に付き合わされたバレンタインデーを思い出しながら、ヴァニラアイスを大きくすくって口に入れた。

よみがえってくるあの日の悲しみに沈んだ心に、吐いたばかりで苦くなっていた口の中に、ヴァニラの甘さがフワッと冷たく広がった。ヴァニラアイスで胃をピタリと隙間《すきま》なく埋めることができたら、どんなに気持ちがいいだろう。コウちゃんのカラダがわたしの中にピタリと収まる時も、わたしはとても幸せな気持ちになる。わたしは、スプーンを握りしめる手に力を入れ、固く凍ったアイスを必死になってすくっていた。

「おえっ」

胃の中で溶け、クリーム状になったヴァニラアイスが喉を逆流してゆくたびに、あまりの甘ったるさに咳込《せきこ》んでしまう。苦しくて、目からは涙が流れてくる。ギュッと閉じた真っ暗な視界の中に、彩が思い浮かぶ。背が高くて華奢《きゃしゃ》な体形をした彩のシルエットが、リアルに浮かび上がってくる。

コウちゃんが持っていたプリクラや手紙から想像していた〝彩〟は、実際に会ってみるとわたしが想像していたよりもオトナっぽく、とても冷たい印象がした。怒っていたからなのかもしれないけれど、コウちゃんに対する態度がとても強気だったことにわたしは驚いた。わたしを目の前にして、平然とわたしを罵《ののし》ったことも信じられなかった。

「……野暮ったい女」

彩に言われた台詞《せりふ》が、脳裏によみがえる。その声を振り切るように、わたしは右手の人差指を喉の奥に勢いよくつっ込んだ。ヴァニラアイスの残りをすべて吐き出すために、奥へ奥へと、指をつっ込む。

「うぅっ。うぇぇっ！」

自分の声とは思えないほどに低くて醜い叫び声が狭いトイレに響き渡り、唇から便器にドロドロッと、ヴァニラアイスが流れ出た。

「野暮ったい女がさ、今、私の目の前にいるんだけど、孝太の玄関にある安っぽい靴、彼女のでしょ？」

また聞こえてきた彩の声に、わたしは思わず便器を抱え込んだ。もう出てこないヴァニラアイスの代わりに、口から声があふれ出した。大声で叫ぶようにして、わたしは泣いていた。

野暮ったいとか、安っぽい靴だとか、そんなの自分が一番よく分かっている。あの状況で、彩にそう言われても仕方がないのかもしれない。彼女にとっては、わたしは彼氏の浮気相手なのだから。

ただ、それをコウちゃんに言わないでほしかった。コウちゃんにだけは、わたしのことを野暮ったいなんて言わないでほしかった。細くて可愛い、彩のような女の人からそう言われれば、コウちゃんだってわたしのことをそう思ってしまうに決まっている。

自分の泣き声があまりにもうるさくて、自分の両耳をふさぎながら、さらに大きな声を張り上げた。グッと耳をふさぐ手に力を入れると、もうひとりのわたしの声が頭の中で聞こえてくる。

まだ吐き足りないってば。キレイにぜんぶ吐き切らなければ、太っちゃうよ。

わたしは人差指をもう一度、勢いよく喉のほうへとつっ込んだ。でも、唇からダラダラとこぼれ落ちるのは、唾液《だえき》だけで、ヴァニラアイスは出てこない。指を喉の奥でゆらゆらと揺らすと、オエッと胃液が込み上げてきた。口の中に一気に広がった酸っぱい味に、一瞬気が遠くなるような感覚がした。

ダメだってば、デブ。胃の中に少しでも残っていたら、今よりもっと太っちゃうよ。彩のあの細い足、見たでしょ？　コウちゃんは細い子がタイプなんだって分かったでしょ？　痩《や》せなきゃ、捨てられるよ？

わたしは人差指と中指を2本、口の中へ深く入れた。すると、ヴァニラアイスが喉から便器の中へと滑り落ちた。

はい。よくできました。

ホッと安心したわたしは立ち上がり、トイレのレバーを引いた。いつの間にか、目から涙はひいていた。水に混じってクルクルと吸い込まれてゆく真っ白なアイスが、わたしに純白のウェディングドレスを思わせた。ふと、思い出す。小学生の頃《ころ》、パパもママもまだ仕事から帰ってきていない真夜中に、ひとりでベッドの中で、毎晩頭の中で想像していた、わたしの未来の物語。

大人になったある日、エミリはボーイフレンドからプロポーズをされる。「けっこんしてください」。そう言ってエミリの前にひざまずく彼が、カパッと開いた小さな箱の中には、エンゲージリング。小さく輝くダイヤモンドに、エミリは感激しながら彼に抱きついて、「はい」と答える。

そこでシーンが切り替わって、よく晴れた日曜日。真っ白なウェディングドレスを着て、エミリは彼と結婚式をあげる。タタタターンッタタタターンッていう、あの憧《あこが》れのメロディに包まれて、エミリはヴァージンロードをパパと手を組んで歩く。

パパの手を離す直前に、「今までありがとう」って小さな声で伝えると、パパは涙をこらえた顔をしてエミリからサッと目を逸《そら》す。照れ屋で意地っ張りなパパらしいその行動に、エミリはパパを愛《いと》おしく感じてポロッと1粒、涙を流す。横を見ると、着物姿のママがハンカチを握りしめて泣いている。

あぁ、エミリはずっと、パパとママから愛されていないと思っていて、ずっと寂しさを感じてきたけれど、本当はちゃんと愛されていたんだって、エミリはそこで初めて安心する。

ママの横で妹のマミは、エミリのほうが先にいいヒトをゲットしたものだから、とっても悔しそうな顔してむくれてる。

そうしてエミリは家を出て、ステキな旦那《だんな》さまに愛される、優しい奥さんになるの。そして、可愛い赤ちゃんをふたり産む。女の子と男の子。その順番で。エミリは、エミリのママみたいに、仕事をしたりなんて絶対にしない。専業主婦になって、旦那さまの稼ぎの中で上手にやりくりするわ。裕福じゃなくたっていいの。子供たちが寂しい想いをしては、かわいそうだもの。

エミリは毎日、おうちで子供たちと一緒にクッキーを焼いたりスパゲティを作ったりしながら、家族みんなでしあわせに暮らす。めでたし、めでたし。

その夢が実現している未来を、眠っているあいだに夢の中で見たことも何度もあった。大人になったわたしは、夢の中でとてもしあわせそうに笑っていた。

わたしはまだ、大人じゃないのかな。だって、わたしは今、実家のトイレの中にいて、張り裂けそうな思いで空になった便器の中を見つめている。わたしはいつ、しあわせを手に入れることができるんだろう。

わたしが欲しいのは、生ぬるいミルクティみたいな、平凡だけど温かく、小さいけれど確かなしあわせのカタチ。それだけ。それが手に入るのなら他には何もいらないって本当に思っている。それって、そんなに欲深いことなの？　野望なんて呼べるほどカッコよくもなく、夢なんて言えるほど大きくもない、女の子なら誰もが胸に抱くような願いごとでしょう？　それなのに、どうして、かなわないの。世の中には、もっと大きな夢を実現している人がたくさんいるのに、どうしてわたしは、好きな人と両想いになることすらできないの。

そんなのあんまりだ、と思ったら一度は止まった涙が、またボロボロとこぼれ落ちてきた。自分をスタイリストだといった、彩を思う。

カッコイイ仕事に、キレイな容姿。彼女はきっと、女友達もたくさんいるのだろう。わたしには誰もいない。何もない。だから、せめて、コウちゃんひとり、わたしにくれたっていいじゃない。コウちゃんを心の底から求めているわたしの、この強い気持ちは、彩には想像すらできないはず。

ヴァニラアイスをすべて吐き切って胃が空っぽになったからか、わたしは身をすっぽりと包み込んでしまいそうなほどの空《むな》しさに襲われた。

埋めなきゃ。何かで埋めなきゃ。あんた、変になっちゃうよ。

トイレの床に置かれたアイスの四角いパックの中に、溶け切ったチョコレートアイスに半分沈んでいるシルバーのスプーンが見えた。わたしはその中に手をつっ込んでスプーンをすくい上げると、アイスパックを持ち上げてそこに直接口をつけ、中の溶けたチョコレートを胃の中へと一気に流し込んだ。唇からこぼれたチョコレートが、あごをダラダラと伝って床を茶色く汚していく。

「……お姉ちゃん、何やってんの？」

突然の声に驚いてアイスパックを下ろすと、トイレのドアの隙間から、マミがわたしに軽蔑《けいべつ》の視線を向けていた。

マミにだけは、見られたくなかった。そう思った途端、自分の両耳がカァッと熱くなったのを感じた。わたしはとっさにあごを濡《ぬ》らしているチョコレートを手で拭《ぬぐ》い、その手で思いっきりトイレのドアを閉めた。すると、

「痛いっ！」

マミの悲鳴に驚いてドアノブにかけた手をゆるめると、ドアに挟まったマミの指が見えた。慌ててドアを押し開けると、マミが痛めた手を抱えるようにして床にうずくまった。

ごめん、と言いかけた瞬間、マミが顔をあげた。痛みに歪んだ表情を怒りで真っ赤に染め、涙の滲《にじ》んだ大きな目で思いっきりわたしを睨《にら》みつけるマミを前に、わたしは何も言えずに立ちすくむ。

「ねぇ、何やってんの？　マジで、キモいんだけど、あんた」

マミは言った。すでに弱り切っていたわたしの心が、ビクビクッと小刻みに震えたのを感じた。これ以上マミに何かを言われる前に、この場から逃げ出さなくてはヤバイと思った。わたしがマミを無視してトイレを出ようとすると、

「過食なのかなんなのか知らないけど、マジで引くわ」

マミはそうつぶやきながらゆっくりと立ち上がり、狭いトイレの中にわたしを戻すようにして肩をつかむと、顔をぐっと近づけた。

「つか、いっつもネガティブで、悲劇のヒロイン気どってるよね。前からそういうとこウザいって思ってたけど、あんた、どんだけ病んでんの?」

マミのツバが唇にかかって、吐き気がした。今、ちょっとでも下を向けば、さっき胃に流し込んだばかりの生温かいチョコレートが、喉からツルツルと滑り落ちてくるだろう。

「吐くとか、ほんっとにキモい」

マミが言い終わるのも待たずに、わたしはチョコで汚れた右手でマミの左頰を思いっきり引《ひ》っ叩《ぱた》いていた。

突然わたしに引っ叩かれてしばらく唖然《あぜん》としていたマミが、「てめぇ」とわたしの髪をつかんできた。マミの頰には、わたしの手形がおもしろいくらいにクッキリと赤く浮き出ている。髪が束で抜けるかと思うくらいに強い力で髪を引っ張られたわたしは、マミのわき腹を蹴《け》っ飛《と》ばして廊下へと突き飛ばした。

マミが倒れ込んでいるうちにトイレを出て急いでキッチンに戻り、脱ぎっぱなしていたパーカを

拾い上げると、わたしは玄関へと全速力で走った。

「もう二度と帰ってくんなよ！」

背中に、マミの声が突き刺さる。靴を足につっかけて重たいドアを全身で押し開けながら、もうここには戻らないことを、わたしはとても惨めな気持ちで心に誓った。


「コウちゃん」

駅のホームで電車を待ちながら、電話をかけた。コウちゃんがわたしからの電話にでてくれたことに、大袈裟《おおげさ》でもなんでもなく、救われた、と思った。それでもわたしの声は、平静を装うことに成功していたように思う。

「今ね、スーパーで豚肉が安かったから買ったよ。今日、焼きそばでもいい？」

嘘《うそ》だった。でも、もしコウちゃんが「いいよ」と言ってくれれば、この後、本当に豚肉を買うのだから、嘘にはならない。

「……」。コウちゃんの一瞬の沈黙が、わたしを震えあがらせた。わたしはコウちゃんの返事を待たずにすぐに言葉を続けた。

「あ、お腹すいてない？　バイトの後もうなんか食べちゃったなら、もっと軽いもののほうがいいかなぁ？」

コウちゃんは、数時間前に、わたしが彩とはち合わせたことを、もちろん知っている。バイトから帰ったらわたしは部屋にいなくて、彩が言っていたことが本当なら、玄関はあんまんのあんで汚れていただろう。

「あ！　飲み物、あったっけ？　冷蔵庫見てみて！」

コウちゃん、どう思ったんだろう。きっと、いろいろと考えて落ち込んでいたはずだ。浮気相手であるわたしにコウちゃんが、今、別れを告げる可能性は大いにあった。だからわたしは、彼にそのキッカケを与えてはならないと、必死になって間をつないでいる。

「コウちゃんの好きなポカリ、まだある？　それとも家の前の自販機で買っていったほうがいい？」

「あ！　タバコは？　いる？」

質問を続けることにも限界がきて、わたしは唇をキュッと締めた。そして、呼吸を止めて、コウちゃんの返事を待った。

「……」

コウちゃんを失うかもしれない、と思うと、体が震えた。

「……あぁ、じゃあ、タバコ買ってきて。ポカリはある。焼きそばは、食いたい」

コウちゃんがそう言った。

「オッケー！　じゃあ、買って、すぐに帰るね！」

精一杯の明るい声を出して電話を切った後、わたしはそのあまりの安堵感《あんどかん》に思わず両手で顔を覆い、声を殺して泣いてしまった。わたしを受け入れてくれたコウちゃんの言葉が、絶望しかけて真っ黒だったわたしの心を、パアッと明るく照らしてくれた。

わたしには、コウちゃんのところ以外に帰る場所がない。コウちゃんの隣以外に、居場所がない。

たとえ愛してくれなくても、それでもかまわない。コウちゃんがわたしといてくれれば、それでいい。コウちゃんを失わないためなら、手段なんて、選ばない。

わたしはパーカの袖《そで》で涙を拭って、携帯のメニューボタンを押した。ツールを選んで、その中からスケジュール帳を出す。

生理予定日まで、あと3日。このまま生理がこなければ、わたしが彩に言ったことは、嘘にはならない。

ブオーッと大きな音を出して電車がホームに勢いよく入ってきて、風に飛ばされた髪が、涙で濡れていた頬にベタリとはりついた。そっと髪を両手で後ろにまとめながらゆっくりと立ち上がり、開いたドアからホームへと降りる人たちを待って、電車の中に乗り込んだ。

ガタンガタンと動き出した電車の窓から、実家がある見慣れた駅が、後ろへ後ろへと流れてゆく。

「バイバイ」。わたしは口には出さずに、心の中でつぶやいた。ずっと前から、大嫌いだった。ずっとずっと、出たかった。「もう二度と、帰らないよ」。だって、コウちゃんちの最寄り駅のスーパーで豚肉を買うことを思うだけで、さっきまでの苦しみがまるで嘘のように、心が軽く、なってゆく。

わたしには、降りるべき新しい、駅がある。

コウちゃんの住むアパートの階段を1段あがるたびに、いくつもの重たいビニール袋が両腕に食い込んだ。焼きそば用の豚肉の他に、牛乳パック2本と生クリーム、とろけるチーズに骨付きの鶏肉、じゃがいも、玉ねぎ、にんじんに、安売りしていたリンゴまで。しばらくは買い物に行かずに暮らせるくらい、たんまりと買い込んでしまった。

コウちゃんの部屋のドアの前に着くと、わたしはスッと息を吸い込んで、ドアノブに手をかけた。鍵《かぎ》がかかっていなかったドアはすぐに開き、わたしは、玄関の床を汚している黒いものに釘《くぎ》づけになった。

ズラッと並ぶわたしの「安っぽい靴」とコウちゃんのスニーカーの隙間にベタリと落ちているそれが、彩が「落としちゃった」あんまんの〝あん〟だということがすぐに分かった。彩がここに来たことの証拠として床にこびりついているそれに、わたしは自分でも驚くくらいに焦ってしまった。

わたしは両腕のビニール袋をさげたまま、とっさにその場にしゃがみ込み、真っ白なパーカの袖で、真っ黒なあんを拭い取った。柔らかい部分は一瞬でベタリと取れたが、時間が経っているからか、床にこびりついている部分のあんが、カチカチにかたまっていた。そのことに焦ったわたしはパーカにツバをつけて濡らしてから、床をゴシゴシとこすった。それでもまだ、完全には取れなかった。

薄いドアを1枚挟んだ部屋からは、テレビの音が聞こえている。まだわたしが帰ってきたことにコウちゃんが気づいていないうちに、この汚れを全部キレイに拭《ふ》き取らなくては。彩のことを話題にすることなく、このまま関係を続けたいのに、床に這《は》いつくばって彩の落としたあんを拭っているところを見られてしまえば、彩は無視できない存在として、わたしたちのあいだに立ちはだかる。

あんがべったりとついているパーカの袖に、迷うことなくツバをつけた。ありったけの力を込めて床をこすると、やっと、彩の痕跡《こんせき》がこの部屋から消えた。わたしは黒く汚れたパーカの袖をクルクルと折り返してから、努めて明るい声を出した。

「コウちゃん。ただいまぁ！」

その瞬間、ほんのりとしたあんこの甘さが口の中に広がった。さっきわたしがひとりで喉の奥から吐き出していた、冷たいアイスクリームのそれとはまったく違う、あんこの甘さに、わたしは嫉《しっ》妬《と》を覚えた。だってこれは、コウちゃんと彩が共通する、思い出なのだ。ふたりで過ごした、わたしの知らない時間が、こんなにも優しい味だったなんて、たまらなく悔しかった。


「おかえりー。外、寒かっただろ？目の頬も鼻も、真っ赤じゃん」

まるで何事もなかったかのように、コウちゃんはわたしの顔を両手で包み込んだ。わたしの冷え切った頬に、コウちゃんの手のひらの熱がジュワッと一瞬、音を立てたような気がした。そんな風に錯覚してしまうほど、コウちゃんはわたしを、いつだって溶かしてしまう。

わたしの、たったひとりの、救世主。

「……す」

好き、という想いが言葉になってこぼれ落ちてしまいそうだった。でも、好きだからこそ、今はそれを伝えてはいけない。唇をグッと食いしばると、代わりに涙が、目からダラリとこぼれた。

「すぐ、ご飯作るね」

泣きながらそう言ったわたしに、コウちゃんは不思議な顔なんてしなかった。どうして泣いているのか、コウちゃんが一番分かっている。それでもコウちゃんは彩のことを何も言わないし、わたしもそれを求めていない。

ズルイと思う。すごく、ズルイ。だけどそれは、お互いさま。

部屋に入り、ベッドにあぐらをかいてテレビを見ているコウちゃんの後ろ姿を見ながら、わたしはビニール袋から豚肉を取り出し、小さなキッチン台の上に置いた。「妊娠している」とわたしが彩に言ったことをまだ知らない様子のコウちゃんに、実は何より、ホッとしながら。

コウちゃんが焼きそばを食べながら観ていたバラエティ番組は、夜が深まるにつれてくだらない通販番組へと変わり、コウちゃんは何本もタバコを立て続けに吸いながらベッドの上で寝ころんでいる。

わたしは、とっくに食器を洗い終えてしまったのに、まだキッチンシンクの前に立っている。お互いに会話を避けることによって生まれた気まずい空気の中でコウちゃんの隣に行くことが怖くって、フライパンの中に大量に余ってしまった焼きそばを見つめている。一気に食べてしまいたい衝動と、たたかいながら。

コウちゃんがこっちを見ていないのを確認しながら、わたしは洗ったばかりのフォークに焼きそばをグルリと巻きつけ、こっそりと口に運んだ。

「エミリ……」

突然コウちゃんに呼ばれ、驚いたわたしはフォークを流しに落としてしまった。

「まだ洗ってんの？　残りは明日、オレがやるからいいよ」

よかった、バレていない。

「ううん。もう洗い終わったよ」

キッチンの照明を落とし、コウちゃんの寝そべっているベッドの下に座った。ひんやりとしたフローリングが、ストッキング越しにわたしの足を冷やす。ベッドにもたれかかってコウちゃんを見上げると、コウちゃんはわたしと目を合わせることを避けるようにして、テレビをまっすぐ見つめている。

コウちゃんはずっと、彩のことを考えている。わたしはずっと、コウちゃんは彩のことをどう思っているんだろうって、考え続けている。彩の話題を口にしないことによって、今日の出来事をなかったことにできるかもしれない、と思っていたけれど、今、わたしたちのあいだに広がっている沈黙は、思っていた以上にわたしたちを苦しめていた。

気まずい空気に耐えられなくなったわたしは、コウちゃんのはいている灰色のスウェットパンツに手をかけた。やっと視線をわたしまで下ろしてくれたコウちゃんは、スウェットを半分脱いで、もう片方の手をわたしの頭にポンと置いた。

まだ柔らかいコウちゃんのそれを、口に含む。コウちゃんはわたしの頭に置いた手にグッと力を入れて、わたしの顔を自分のほうへと引き寄せる。そのたびに大きく硬くなっていったそれはすぐに、わたしの口をいっぱいにした。

心から喉へ、今にも込み上げてきてしまいそうな想いや言葉を、すべて、閉じ込めるようにしてコウちゃんは、わたしの唇から喉をピタリと埋めた。一瞬息が止まりそうになるこの苦しさが、わたしには心地よい。

埋めて。
わたしを、埋めて。
ナニカで、ドコカを、
苦しいくらいに埋めていないと、
ココロの隙間に風が吹いていて、
アタマがおかしくなってしまう。
寂しい。

眠りからうっすらと覚めかけて、でもまだ瞳《ひとみ》を閉じたままベッドの中でウトウトしていると、どこかで聴いたことのあるようなメロディが流れてきた。とても穏やかで優しげなリズム。たぶん、とても有名なレゲエの曲。空耳なのかな。それともこれは、夢なのかな。

突然ビクッと大きく震えたコウちゃんの体の振動に、わたしは目を覚ました。部屋はすでに明るくて、夢の中で流れていたのと同じような音楽が、ベッドの下から聞こえていた。その音に反応してガバッと上半身を起こしたコウちゃんの背中の後ろで、わたしはこのメロディをどこで聴いたのかをはっきりと思い出した。昨日の夜、コウちゃんのアパートの階段に立っていた彼女の携帯から流れた、コウちゃんからの着信音。

「彩！」

コウちゃんは、電話に出るなり彼女の名を呼んだ。まるでわたしが隣で寝ていることなんて忘れているかのような、大きな声で。わたしは、ベッドの下に座り込んで携帯を握りしめているコウちゃんの後ろ姿を視界から消すような気持ちで、目をゆっくりと閉じた。今すぐに、眠りに落ちてしまいたいと思った。そうすればこれは、夢になるかも。

「……孝太」。本当は目を閉じるだけじゃなくて耳も両手で思いっきりふさぎたいくらいなのに、そんな気持ちとは裏腹に、耳をすましてしまう。「……孝太、ひどいよ」。コウちゃんの携帯からうっすらともれる彩の声が、ハッキリと聞こえてくる。今からコウちゃんが、彼女の口から聞かされるだろうことを思うと、もうこのまま死んでしまいたいとすら思う。

「……」

彩が何かを言ったようだけど、うまく聞き取れなかった。コウちゃんの長い沈黙が、わたしに彩の言葉を連想させる。

おそろいの着信音が設定された、ふたりの携帯電話がシンと静まり返る中、わたしはひとりぼっちで、唇を噛《か》みしめて、乱れてしまいそうな呼吸を頑張ってコントロールしている。音を立てずにゆっくりと息を吸って、すーっと長く吐いてみる。その音が、わたしの穏やかな寝息に聞こえるようにと、わたしは意識しながら息をする。わたしが妊娠していると聞いて、コウちゃんは今、何を思って、いるのだろう。

カチッ。コウちゃんが、タバコに火をつけた音が聞こえた。その時、わたしの目から、とても静かに涙が一滴こぼれ落ち、耳を濡らしてそのまま枕《まくら》に、染み込んだ。

コウちゃんは彩との電話を切ってからもずっと、ベッドの下にうずくまったまま小さな声で泣いている。ときどき聞こえてくる彼のしゃっくりに、わたしの胸は締めつけられ、そのあまりの苦しさに息が止まりそうになる。それでもわたしは、息をゆっくりと吸っては、すーっと吐いて、穏やかな寝息を演じている。

わたしはとても小さな頃から、ブリッコだと、ことあるごとに陰口を叩《たた》かれてきた。でも、わたしは今まで、男の子に好かれるためにカワイコぶったりなんて、していなかった。今、はっきりとそう言える。

だってブリッコって、今のわたしみたいなことをいうんだもの。歯を食いしばって本当の自分を押し殺し、唇を噛みしめながら本当の感情をふさぎ込んで、自分じゃない誰かを演じてる。そこまでして、ひとりの男の子に自分のことを好きになってもらおうと、わたしは必死。

バカみたい。

でも、欲しいの。

愛が、欲しいの。

どうしても。

Scene 8 ------------ 孝太

その

通りだよ。

俺は、

いつも、

逃げちゃうんだ。

彩が、泣いていた。

めったに泣くことのない彩の、息をするだけで苦しそうな、そのあまりに激しい泣き方に、俺《おれ》は言葉を失った。泣きじゃくりながらも、なんとか言葉を続けようとして、彩は時々咳込《せきこ》んだ。ゲホゲホと、まるで重病人のようなひどい咳《せき》が続いた後で、

「……最低」

やっと声になった彩の俺への言葉は、悲しみと怒りにまみれた涙の中で小刻みに震えていた。

「……ごめん」

すでに使い古されたその無意味な言葉は、俺の唇と携帯のあいだにポツンと寒々しく響いただけだった。そしてそれはすぐに、勢いよくあふれ出てきた彩の言葉の波にかき消された。

「6年ものあいだこんなにも真剣に愛してきたのに」と彩は何度も言った。俺のしたことに対して彩は「仕打ち」という言葉を使った。「一度は裏切られてもまだ、孝太のことを心から信じていた私に対する、ひどい仕打ち」だと。

彩の心に届くはずもないことを知りながらも、俺は、ただ、謝ることしかできなかった。誰《だれ》よりも大切に思っていたつもりだったヒトを、こんなにも傷つけてしまったというのに、俺はまだ、もしかしたら許してもらえるかもしれないという期待を捨てきれずに、何度も何度も謝っていた。

4年前のデジャブを見ているようだった。俺は、同じ失敗を繰り返したのだ。自分の手でえぐってしまった彩の心の傷の深さを感じて初めて、自分のしたことがどれほど酷《ひど》いことなのかに気がついたのは、2度目なのだ。

「1度目じゃ、傷つけ足りなかった?」

俺の心の中を見透かしたようにして、彩が言った。

違う。そんなんじゃない。大声でそう叫びたかった。でももう謝ることさえできなかった。声を殺して泣くことしか、もうできなかった。自分はそんなにヒドイ人間ではない、と否定したい気持ちとは裏腹に、何がどう違うのか、自分でも説明がつかなかった。俺は、最低だ。

彩と話している今だって、俺のベッドの中ではエミリが眠っている。俺の浮気を知って電話にでてくれなくなった彩を追いかけて修羅場を迎えるよりも、俺に彼女がいることを知った後も何もなかったかのように接してくるエミリに甘えるほうが、ラクだったからだ。

「ねぇ、何か言いなさいよ」とつぶやいた彩の声にはもう、涙は混じっていなかった。「ねぇ、もしもし?」と俺を責める彩のその口調は、数秒前の痛々しい泣き声がまるで嘘《うそ》だったかのように、ひどく冷静だった。

彩のその感じを、知っている。ケンカをしてヒステリックに怒鳴っていたかと思うと、急に、感情を一切もたない冷たい女へと、まるで別人のように変貌《へんぼう》を遂げる彩が、俺は何より苦手だった。これから彩が俺にぶつけてくるだろう、俺を打ちのめすのに最適な言葉たちに俺が身構えると、

「エミリ、とかいったっけ、あのダサい子」

俺は、今もまだ涙が止まらない目をぎゅっと閉じた。彩は早口で、一気にまくしたてるだろう。まぶたの裏に、思い浮かぶ。まだ涙の乾かぬ頬《ほお》を怒りに火照《ほて》らせ、すっかり涙を流し切った大きな目をさらに丸く見開いて、俺をまっすぐに睨《にら》みつける、彩の顔。

「あの子、妊娠してるんでしょ？　で、結婚するんだって？　孝太、そういうとこだけは責任感強いんだよね。私の時も、そう言ってくれたもんね。私は、自分の夢を優先しちゃったね。孝太の赤ちゃん、産んであげられなくてごめんね。じゃ、おしあわせに、孝太」

想像もしていなかった彩の言葉に、俺は思わず目を開けた。窓からの日差しが、涙目に染みるほど眩《まぶ》しかった。携帯を耳に押しあてたまま、俺は1ミリも動くことができなかった。部屋の中に、エミリの寝息が、とても穏やかなリズムをもって流れていた。

エミリのことを、俺は忘れかけていたくらいだったのに、エミリの存在感が一気に膨れ上がり、俺の背中になだれかかってきた。

携帯を押しあてた左耳の中に広がる沈黙と、右耳に届くエミリの寝息とに挟まれて、俺は神経がおかしくなってしまいそうだ。耐えられなくなった俺が、彩がまだ電話口にいるのか確かめようとしたその瞬間、

「あんたなんて、死ねばいいのに」

彩はそうつぶやき、電話が切れた。

眠っているエミリを残した部屋に、カチャリ、と外からドアの鍵《かぎ》を回すと、エミリと一緒に暮らしている実感が急に湧《わ》いてきて、ふしぎな気持ちになった。エミリがうちに転がり込んできて1か月が経《た》つ今になって初めてそれを感じるのは、今朝、彩に振られたからなのか。

行くあてもないまま歩き始めた俺の髪を、生暖かい風がざわざわ揺らす。春になる頃《ころ》、俺は大学

を卒業して就職して、彩にプロポーズするつもりだった。そんな数か月前までの俺の人生プランは一瞬にして崩れ去り、冬はもう、終わりかけている。俺の人生の中で大きな節目になるはずだった春の新しい風が、何ひとつうまくやれない俺の真横をすり抜けてゆく。

いつの間にか目にかかる長さまで伸びていた前髪をかきあげると、俺のその癖を、キザだからやめろ、と言っていた彩を思い出す。その瞬間に涙が込み上げてきたのを感じて、俺は眉に力を入れた。向かいから歩いてくる2人組のギャルの視線が気になって、俺は後ろにかきあげたばかりの前髪を指でぐしゃっとやって、赤く潤んでいるかもしれない目元を隠した。

「そうそう、高校卒業したらさぁ」。通り過ぎざまに聞こえたギャルの会話に、4年前の自分はあんなに若かったのか、と驚いてしまった。彩の妊娠が発覚したのは、高校の卒業式を翌日に控えた夜だった。あの時「産んでくれ」と言った自分の台詞《せりふ》が、どんなに無責任で子供っぽいものだったのか、今になって思い知る。

でも、あの時は、彩と結婚して一緒に子供を育てたいと、俺は本気でそう思っていた。それなのに子供を堕《お》ろすことを選んだ彩を、恨まなかったかといえばウソになる。今思えばそれは、彩と俺の自分の将来に対する真剣さの違いでしかなかったのかもしれない。あれから4年が経った今、俺と彩がそれぞれにいる状況の違いを見れば、それは明らかだ。

あの時の俺は、親に言われるままに進学することにしたものの、大学に行く意味なんて分からなかった。彩にとっては、スタイリストになることを親に反対されながらも必死に説得し、やっと専門学校への進学を認めてもらった矢先の出来事だったのだ。

あの時から俺は、目標をハッキリともっている彩に嫉妬《しっと》していたんだと思う。だから、自分でも認めたくないその嫉妬心を自分の正義感のように見せかけて、子供を産まなかった彩を責め続けていたのかもしれない。言葉には出さずとも心のどこかで、ずっと。

だから、

「孝太の赤ちゃん、産んであげられなくてごめんね」

脳裏によみがえった彩の台詞が、俺の胸を締め上げる。彩がそんな風に思っていたなんて、知らなかった。そう思わせていたのは、俺なのに。

エミリは、本当に妊娠しているのだろうか。「産んでくれ」と言うだけの自信を、今の俺はもっていない。どうすれば、いいんだろう。

カチャリ、と鍵を回してドアを開け、玄関でスニーカーを脱ぎながら、俺の子供を妊娠している女が待つ部屋に、パチンコで全財産をすって帰るなんて、俺は本当に、死んだほうがいいくらいの男なのかもしれない。

「……ただいま」

シンと静まり返った部屋は真っ暗で、明かりをつけると、布団が乱れたベッドの中に、エミリの姿はなかった。携帯を出して電話をかけたが、通話音さえ鳴らずにすぐ留守番電話に切りかわってしまった。もしかして、今朝の会話を聞かれたんじゃないか…。

カーテンが風に煽《あお》られている出窓が目に入り、俺はそこに飛びつくようにして窓を全開にして、身を乗り出して下を見た。すぐ下の通路をちょうどタバコを吸いながら歩いていた管理人のおっさんと目が合って、ばつが悪くなった俺はすぐに身を引っ込めて窓を閉めた。

何を考えているんだ、俺は。たとえ3階のこの部屋から飛び降りたとしても、死ねねぇよ。自分のバカみたいな行動に気が抜けて、俺はヘナヘナと床に座り込んでしまった。こんな時に吸いつくタバコもないなんて、とことん嫌になる。灰皿の中から、まだ吸えそうなシケモクを探していると、部屋のインターフォンが鳴った。

「エミリ！」

勢いよくドアを開けると、引きつった笑みを浮かべた彩が立っていた。

「……今、ちょっと話せる？」

まるで自分のつま先に話しかけているくらいまで目線を落として、彩は小さな声で言った。俺は、うつむいている彩の視線を自分に向かせてしまうことが怖くて、彩を見ることができなかった。なんて言っていいのかも分からなかった。ドアを押し開けた状態のまま、目を、狭い玄関を埋めつくしているエミリの靴の上に泳がしていると、彩が階段を降り始めた音が聞こえてきた。

カツカツカツ、と一歩ずつ階段を踏みつける、彩のハイヒールの音。それは、彩がうちに遊びに来るたびに、そしてここから帰ってゆくたびに、何度も聞いてきた耳馴染《みみなじ》みのある音なのに、今、俺の耳には、他人の女の足音のように聞こえていた。

どこに向かっているのかと聞くことすらできなくて、俺は、早足に歩いてゆく彩の背中を見つめながら、ゆっくりと歩いた。少しずつ、彩とのあいだの距離が開いていった。俺たちがそんな風に縦に並んで歩く夜道を、一定の間隔をもって並んでいる街灯が、両脇《りょうわき》から白くぼんやり照らしていた。

胸の奥が、ザワザワした。寂しさとも悲しみともまたすこし違う、この落ち着かない感覚が、ずっと忘れていた昔の記憶を手繰り寄せた。まだとても幼かった頃、わがままを言って怒らせてしまった母親の後ろを、置いていかれないように、と必死に足を動かしてついていったことがあった。あの時に感じた、泣き出してしまいそうなほどの不安と、今のこれはとても、似ている気がした。

「どれがいい？」

突然、自動販売機の前で彩は足を止め、俺のほうを振り返った。販売機の光が照らす彩の顔はとてもキレイで、それは俺を不意に傷つけた。

薄い茶色のシャドーで描かれた眉《まゆ》のかたちも、黒いアイラインで強調されたアーモンド型の大きな目も、クルッと上を向いたまつ毛も、肌も、頬も、唇も……。隣に連れて歩けることを誇りに思ったこともある彩が、気合いを入れて化粧した時の、完璧《かんぺき》な顔。俺が、いつからか苦手になっていった、どんどんキレイになってゆく、彩の顔。

「ねぇ、孝太、聞いてるの？」

睨んでいるつもりはないのかもしれないけれど、アイラインのせいか、彩の目はまっすぐに強い意志をもって、俺を責めているように見えた。その瞬間、俺は、猛烈に恋しく思った。化粧をすべて落とした後で、俺に甘えてくれていた、彩の顔を。もう二度と見ることができないかもしれない、俺が、何よりも愛《いと》おしく思っていた、俺を見つめる誰より優しい、彩の目を。

「ホットコーヒーでいい?」

黙っている俺にイラついたのか、とても早口で彩が聞いた。俺が焦って頷《うなず》いた時にはすでにボタンが押されていて、缶コーヒーがゴトンと受取口に落ちた音がした。そしてまた、ゴトン。彩はさっと屈《かが》んで自動販売機から2本のコーヒーを取り出すと、1本を俺に手渡して、向かいの公園へと入っていった。

ベンチに座って缶コーヒーを開けた彩の隣に、すこし間隔をとって、俺は腰掛けた。かじかむ指に染みるほど熱い缶を両手で包み込んで、自分の太もものあいだに挟んだ。缶にかかれたロゴをしばらくじっと見つめた後で、恐る恐る彩のほうを振り向くと、彩の視線の先にはブランコがあった。すぐ向かいにある保育園の帰りなのだろう、小さな女の子を乗せたブランコを母親が後ろから押していて、ブランコがゆらゆらと揺れるたびに、キィーッキィーッと金属の錆《さ》びた音が鳴っている。

手の中の缶がすっかりぬるくなった頃、俺はやっとの思いで口を開いた。

「……本当に、ごめん」

あまりにも薄っぺらに発音された俺の心からの言葉は、彩の心にかすることもなくベンチの下に落っこちた。そして、俺たちはまた、ブランコの音に包まれた。

しばらくしてから、沈黙に耐えきれなくなった俺は、もう一度謝った。もう、何に対しての「ごめん」なのかもハッキリとしないくらい、いろんなことで彩を裏切ってしまった俺には、謝る資格すらないのかもしれなかった。それでも、俺が口にできる言葉はそれしかなくて、俺は足のあいだに挟んだままの缶コーヒーに額をつけて、何度も何度も謝った。

あまりにも情けなく響く自分の声が、悲しかった。自分という人間に、嫌気がさした。悔しくて、悔しくて、目に涙が滲《にじ》んでくる。鼻をすって、謝り続ける。俺は、こんな状況になってもまだ、許してほしい、と思っているのかもしれなかった。本当に彩と終わってしまうかもしれない、ということを俺はまだ信じきれずにいて、彩を失うことが、悲しくて、悲しくて、涙が止まらない。

「いいの」

そうつぶやいた彩の声がとても優しかったので、俺は思わず顔をあげた。幼かったあの頃、もう怒っていないよ、と母親が俺に向けて両手を広げてくれた時の、喜びで全身が溶けてしまうような安堵感《あんどかん》を思い出す。あの時の母が、4年前の彩が、俺に向けてくれた、困った顔をして微笑《ほほえ》むあの優しい表情を、俺は彩の中に探した。でも、ゆらゆらと揺れるブランコを見つめる彩の横顔は、少しも笑ってなんていなかった。

「もう、こうなる前から本当は、終わっていたんだと思う。私と孝太」

彩はとても冷静だった。目からどっと噴き出した熱い涙でぼやける視界の中で、俺は彩の目からも涙がこぼれることを期待したけど、彩は、遠くで小さく揺れているブランコを追っている目をそっと細めただけだった。

「懐かしいね、ブランコ。学校の帰りに、よく乗った。孝太も乗りなよって誘っても、孝太はいつもかっこつけて乗らなくて、ベンチに座ってタバコ吸ってたよね。私がブランコ立ちこぎするのを見ながら、あ、パンツ見えた、とか言って、笑って」

俺は両手で顔を覆って、大声をあげて泣きたい衝動を必死でこらえた。

「楽しかったなぁ、あの頃」

思い出を心から愛おしむような過去形に、傷ついた俺は唇を噛《か》みしめた。

「ね？　楽しかったよね？」

うん、とだらしなく首を縦に落とした俺の頭の上に彩はポンッと手をのせて、笑って、言った。

「泣くなよ、孝太。あんたは顔に似合わず、泣き虫すぎる。ダサイよ、孝太」

ふざけんなよ、彩。
俺は、
お前とのこと以外で、
泣いたことなんてない。

声にならない感情を、俺は心の中で噛み殺した。

「孝太はさぁ、昔っから、気まずいことがあるとすぐに逃げる癖があるんだよね。ちょっとは成長したのかなって思ってたけど、全然してないの。浮気がバレて、それも2度目で、孝太はどうしていいか分からなくなって、結局、私からも逃げたでしょ」

「……」

返す言葉ももたない俺は、黙って彩の言葉を受け止めた。

「今日、待ってたんだよ。あんな風に傷ついている私を心配して、孝太、謝りに来るかなって。でも、来なかった。で、他の女がいるかもしれないって分かっているのに、私が孝太んちに会いに行かなきゃいけないって、本当に、おかしいよね」

「……その通りだよ。俺は、いつも、逃げちゃうんだ」

俺が鼻をすすりながらそうつぶやくと、彩は俺の頭を優しくなでた。

「でも、私が妊娠した時だけは、孝太、逃げなかった。逃げたのは、私……。ねぇ、あのくらいなんじゃないかな。もし産んでたら、あの時できた赤ちゃん、あの子くらいになってるんだよね……」

ブランコに乗る女の子を見つめているのだろう彩の声が、初めて、涙でかすれた。そして、涙で声を震わせながら、彩は続けた。

「私たちがすれ違い始めたのって、きっと、あの時からだよね」

「でも、彩は、夢があって、そのために今もすごく頑張ってる。俺は、夢とかなくて、だからあの時、無責任にも産もうって言えただけで……。彩は、自分を責める必要まったくないから。本当に、ぜんぶ、悪いのは俺だから……」

「そんなことないよ。孝太がぜんぶ悪いなんてことはありえないの。今朝は、孝太のこと思いっきり責めちゃったけど、私もね、孝太を傷つけてきたんだと思う。自分で勝手に夢を追って、自分の好きなもののために頑張ってるだけなのに、私はいつも、大学生の孝太に対してイライラしてた。なんでもっと頑張らないんだろうって。孝太は学生だし、いいのに、それで……」

俺の頭から手を離し、顔を覆って泣き始めた彩をしばらく見つめた後で、俺は聞いた。

「彩は、俺のこと、見下してた？」

「分からない。でも、そうなのかもしれない」

「…そっか」

言われなくても感じていた。いつからか俺は、彩と会うたびに自信をなくしていった。一番近くで俺を見ている彩の目に映っている自分の姿こそが、本当の自分だということを知っていたから。

「でも私、大好きで、孝太のこと…。孝太が私を、大好きなのも、分かってた」

そう言ってうわぁっと泣き崩れた彩の背中に、俺は手を置くことができなかった。両手で自分の口を押さえ、あふれてしまいそうな泣き声を抑えることに必死だったから。

「私たち、好きだから付き合って、こうなるまでずっと、どんなにすれ違っていても、そしてそのことに気づきながらも、好きだから別れられなかったんだよね。

皮肉だけど、私、今も孝太が好きだよ。孝太が私のことを好きなのも、知ってるの。でも、もうそれだけじゃ一緒にいられないことを、私たちはお互いによく分かってる」

うっ、ううっ。口から漏れる俺の泣き声に、彩が少しずつ冷静さを取り戻してゆくのが分かる。いつもそうだった。いつだって彩は、俺よりも一歩引いたところから俺たちの関係を見つめていて、そのことに俺が焦れば焦るほど、彩は俺を置いて大人になってゆく。

彩みたいに、うまく言葉を使えない俺はただ、子供みたいに泣きじゃくる。

「エミリちゃん、だっけ？」

俺は彩の口から出たその名に、ドキリとした。そのことに気づいているのかいないのか、彩はもう涙を含まない声で、話を続けた。

「その子と孝太のことは、私たちが終わっていた証拠にすぎないんだよ、きっと。こうなる前から私たちの関係は、別れることができないほどの〝好き〟っていう情だけをたっぷりと残しながらも、終わってた」

「……でも、俺、エミリとのことは、なんていうか、そういうんじゃないんだ」

エミリが妊娠して俺たちが結婚すると思い込んでいる彩の誤解を解こうと、俺が口を挟むと、

「甘えないで！」

彩が、俺の頬を思いっきり打つような鋭い声で、ピシャリと言った。

「もう一緒に暮らしてるんじゃん！　それなのに、何をどう言い訳しようとしてるわけ？」

怒りに震えた彩の声に、俺は反射的に耳をふさぎたいような気持ちになった。

「孝太ってさ、俺がぜんぶ悪いって口では言いながら、それでも自分が完全に悪者になるのが嫌なんだよね。どんなに人を傷つけても、それでも許してもらえるんじゃないかってどっかで思ってる。そういう甘えがあるんだよ、いつも。それを許してきた私も悪いけど、でも、もう私、孝太の甘えを受け止める体力、残ってないの」

彩はベンチから勢いよく立ち上がった。俺は、泣き顔を隠すことも忘れて彩を見上げた。

「じゃあね、孝太。6年間、ありがとう。楽しい思い出、いっぱい、本当にありがとう。優しくしてくれて、愛してくれて、嬉《うれ》しかった。私、しあわせだったよ」

彩の大きな目からポロポロとこぼれ落ちる涙を見ていたら、自然と言葉が、口からこぼれた。

「……俺も、ありがとう」

ブランコの音は、いつの間にかやんでいた。

俺から去ってゆく彩の後ろ姿をぼんやりと見ていると、さっきの自動販売機のところで彩は立ち止まり、俺のほうを振り返った。

「来月から、頑張ってね！　社会人！　卒業、おめでとう！」

悲しみに顔を歪《ゆが》めながらも最後まで俺のために、一生懸命つくってくれた、とびっきりの笑顔で。

真っ暗な公園のベンチにひとり残された俺は、彩から、そっと目を逸《そら》した。


頬を伝った涙の跡がヒリヒリと痛み始めてきた頃、俺はやっとベンチから立ち上がることができた。寒さでかじかんだ指は、缶コーヒーの冷たささえうっすらとしか感じられなくなるまでに、感覚を失っていた。アパートの前に着く頃には、歯が、ガチガチと音を立てて震えていた。

部屋の中は、真っ暗だった。エミリがまだ帰っていないことにホッとした俺は玄関に腰を下ろした。両方のかかとをすり合わせてスニーカーを脱いでいると突然、背後から、ジャーッと勢いよく流れる水の音がした。

驚いて立ち上がり、トイレのドアを開けると、エミリが、便器を抱きかかえるようにして倒れていた。トイレのレバーに右手をかけたまま、肩を小刻みに震わせて、泣いていた。つわり、なのかもしれないと思った。俺は、エミリの背中のすぐ後ろにしゃがみ込んだまま、なんて声をかけていいのか、分からなかった。

「……コウ、ちゃん」

しばらくしてから、便器に額をくっつけたまま、エミリが小さな声で俺を呼んだ。俺は返事をする代わりに、エミリの背中にそっと手を置いた。洋服越しにも感じるエミリの体温が、俺の冷え切った手のひらに、温かかった。エミリに謝るような気持ちで、俺は、エミリの背中に触れたのに、エミリの温《ぬく》もりを感じた途端、俺はエミリの体をすっぽりと包み込みたい衝動にかられてしまった。後ろから両腕を回し、力いっぱい、エミリを抱きしめたかった。違う。そうすることで、俺が、エミリに、抱きしめられたかったのだ。

「……ごめんね、コウちゃん」

エミリの言葉に、俺は伸ばしかけていたもう片方の腕を引っ込めた。

「どうして、エミリが謝るの？」

彼女がいることを黙っていた、俺がすべて悪いのだ。でも、エミリは顔を伏せたまま、ブンブンと頭を横に振った。そして、

「あのね、今日ね、生理きた」

「……」

「コウちゃんの彼女に、嘘ついちゃったの、わたし。コウちゃん、今日、彼女から聞いたでしょ？　妊娠してるって言えば、コウちゃんがわたしのものになるかもしれないって思って、それで……」

すでに疲れ切っていた俺の頭が、混乱してぐるぐると回り始めた。

「え、どういうこと？　妊娠してないってこと？」

責めるつもりはなかったのに、あまりに驚いたので、強い口調になってしまった。「ごめんなさい」と繰り返しながら泣くエミリに、責めているわけじゃないということを伝えたくて、俺はエミリの背中を抱きしめた。違う。そうでもしていないと、体の力が抜けてこの場に倒れてしまいそうだったのだ。俺は、エミリが妊娠していなかったという事実に、心底ホッとしていた。

「……軽蔑《けいべつ》するよね、わたしのこと」

「……俺に、誰かを軽蔑する資格なんて、ないよ。俺は、本当にダメな人間で、どうしてエミリが俺のことを好いてくれるのか、正直、分からない……」

これが自分の声だとは認めたくもないほどに、か細く女々しい声だった。

「コウちゃんは、わたしを救ってくれたから。このまま消えてなくなっちゃうかもしれないってくらい孤独だったわたしに、コウちゃんが、声をかけてくれたから」

俺は言葉につまってしまった。それは、彩とうまくいかなくなっていた時期に、彩と正反対のタイプのエミリを見かけて、いいなと思って衝動的に、声をかけただけだった。

「たとえそれが、コウちゃんにとってはただの軽はずみなナンパだったとしても、わたしは、わたしは、コウちゃんが遊びに誘ってくれたことに救われたんだよ。本当なんだよ」

俺の胸の内を見透かしたようにしてそう言ったエミリに、今度は俺が救われる思いだった。俺は、エミリの首筋に、ぐったりと頬をくっつけた。

呼吸が落ち着き始めると、エミリは俺の腕の中で、ゆっくりと話し始めた。

「今日ね、大学の友達に会ってきたの。ほら、コウちゃんが声かけてくれた時に、わたしが一緒にいたふたり。今日たまたまメールがきて、渋谷でお茶してるからエミリもおいでよって。

その時、わたしこの部屋にひとりぼっちでいて、もうコウちゃんは帰ってこないのかもしれないって思っちゃって、寂しくってどうしようもない気持ちだったから、行ったんだ。

目、赤かったから、泣いていたことがバレちゃって、いろいろと聞かれたから、話したの。一緒に住んでるんだけど、コウちゃんには他に彼女がいたみたいで、その彼女にわたしのことがバレちゃって、今、いろいろ大変なんだって。あ、わたしが妊娠してるって彼女に嘘ついたことまでは、どうしても言えなかったんだけどね……」

なんて最低な男だと、すぐに別れたほうがいいと、散々言われたことだろう。俺はエミリの話の続きを聞くのが怖くて、ぐっと息を呑《の》んだ。

「そしたら、エミリって最低だねって、軽蔑するって、言われちゃった」

エミリの胸の下にある俺の手に、エミリの涙がポタポタと落ちてきた。

「彼女の気持ちを、考えたことあるの？　って、すごく責められた。たぶん、ふたりとも付き合って長い彼氏がいるから、浮気相手のわたしのことを許せない気持ちのほうが大きかったんだと思う。

でも、でもさぁ、友達ならさぁ、エミリの気持ちも分かるよって、彼女がいるって分かってても好きになっちゃったんだよねって、言ってくれてもいいと思うんだよぉ」

エミリは、俺の腕に顔を突っ伏せた。

「あぁ、わたしって、友達、いないんだなぁって、改めて、思っちゃった。わたしね、誰もいないの。

コウちゃんが、いなくなっちゃったら、わたし……」

そこまで言うと、エミリは涙で言葉をつまらせた。

「俺、こんなこと言うの、すっげぇズルイと思うけど、でも俺も、今、エミリがいてくれて……」

なんだっていうんだ。俺は言葉を止めて、自分に問いかけた。嬉しい？　安心する？　救われる？　胸に浮かんできた言葉たちの、あまりに調子のいいその響きに、俺はそれらを声にすることができなかった。違う。今、その言葉を口にすることで、この先エミリに対してもたなくてはいけない責任が、怖いのかもしれなかった。

彩に振られたら、すぐにエミリなのか。でも、それ以前に、こんな俺に、エミリと付き合う資格なんてあるのだろうか。こんなイイコを、もうこれ以上傷つけたりはしたくなかった。

俺は、エミリを抱きしめていた力を、思わずゆるめてしまった。俺の腕と自分の体とのあいだにできた隙間の中で、エミリは体をクルリと回転させて俺のほうを向いた。泣き腫らして真っ赤になったエミリの目についた、クリンとしたまつ毛の上に、涙の水滴がポツンとひとつ、のっかっていた。透明で、丸くて、小さくて、キレイだった。

「ねぇ、コウちゃん、お願い。わたしから、逃げないで…」

そうつぶやいたエミリの唇からは、ほんのりと嘔吐物《おうとぶつ》の匂《にお》いがした。それに嫌悪感をもつどころか、俺はそこに吸い寄せられるようにして、自分の唇を押しあてた。あと少しでも力を入れてしまえば破けてしまいそうなほどに、薄くて柔らかいエミリの唇の感触に、泣きたくなるほどの愛おしさを感じた。

俺は、体の中で一気に上昇し始めた血の流れ――今すぐにエミリを力いっぱい抱いてしまいたい衝動――を必死で抑え込みながら、壊れやすいものを壊さないように、と緊張した手のひらで、エミリの頬を包み込み、エミリの中にそっと舌を入れた。

その瞬間、ゴトン、と鈍い、音がした。

コートのポケットに入れていた缶コーヒーが、滑り落ちたようだった。うっすらと目を開けると、目を閉じてキスを受け入れるエミリの顔の向こうで、転がる、小さな缶が見えた。息ができなくなるほどの鋭い悲しみが一気に胸によみがえり、目の奥の視神経がカァッと熱を持った。

みるみる内に目の中にたまっていった涙は、俺がエミリとのキスを続けるために閉じたまぶたに、振り落とされた。彩を想って流した、最後の涙が、エミリの頬へと落ちてゆく。

Scene 9 ------------• 彩

泣きたいのは、私だよ。

いつだって

泣く権利は

私のほうにあったと思う。

公園の出口まで歩いてから、私は最後に孝太のほうを振り返った。頬《ほお》は悲しみに引きつり、涙をこらえた眉《まゆ》はハの字に歪《ゆが》んでいたかもしれない。でも声は、私の声はきちんと明るく、公園のベンチで泣いている孝太に届いたようだった。

来月から、頑張ってね、孝太。社会人、おめでとう。卒業、おめでとう。頑張って、もう逃げないで、頑張れ、孝太。

ひとりぼっちになったのは私のほうなのに、私は孝太のことが心配で、そんな自分が悲しかった。孝太は私の恋人だったはずなのに、いつの間にか、私は彼のことを弟か息子のように思ってきたのかもしれない。私なしで、これから彼がしっかりとやっていけるのかがとても不安で、そしてどうか頑張ってほしいと心から願っていた。怒りの感情とは裏腹に、私は心から孝太のことを愛《いと》おしく思っていた。あんたなんて死ねと、罵《ののし》った時とほとんど同じ真剣さをもって。

私は、孝太を、愛してた。

まるで姉か母親のような気持ちで孝太へと視線を伸ばすと、暗闇《くらやみ》の中に、組んだ膝《ひざ》を抱きかかえるようにして泣き崩れている孝太が見えた。

私の手を何度となく温かく包んだ孝太の大きな手が、私に何度となくキスをした彼の唇を覆い、私が何度となく腕をまきつけた彼の肩が、上下に大きく揺れていた。

傷つけられたのは私のほうなのに、傷ついている孝太を見ると、駆け寄っていって抱きしめたい衝動にかられてしまう。体に染みついた、癖のように。近くに行って、守りたくなってしまう。

もうそれができないことが、何よりも私の胸を苦しくさせた。

私は息を止めるような思いで孝太に背を向けて、公園を出た。涙のようにサラサラと流れ出る鼻水をすすり込みながらスッと息を吸い込むと、春がとても近い、けれどまだとても冷たい、３月独特の空気の匂《にお》いがした。


この匂い、覚えてる。あの夜も、孝太は泣いていてた。私が泣き崩れるより先に、孝太が泣いた。子供を堕《お》ろして病院を出ると、私を迎えに来た孝太の目は赤かった。私は、孝太に責められているような気がしてすぐに視線を逸《そら》したけれど、まるで捨てられた子犬のような無力さで私を見つめた孝太のその目は、今でも私の脳裏にこびりついていて離れない。

孝太の涙の理由が、私が子供を産まなかったからだけではないのは分かっていた。手術のために病院に向かう数時間前に、私は孝太に電話をかけた。やっぱり産みたいかもしれない、と一度は決断したはずの選択を前に揺れていた私は、最後にもう一度孝太と相談がしたかった。でも、私が思いを口にする前に、孝太はひとこと「ごめん」とつぶやいた。そして、「中絶費用をパチンコですってしまいました」と続けた。あの時に孝太が使った敬語、どんよりと重たく頭に残ったのを覚えている。

あまりの情けなさに、怒りを感じるエネルギーさえ湧《わ》いてこなかった。病院には付き添わなくていい、とだけ伝えて私は電話を切った。涙も流れなかった。感情が麻痺《まひ》して、もう何も感じなかった。そして、その数時間後には体にも麻酔を打たれ、気づいた時にはもう、赤ちゃんはいなかった。

涙の代わりに、血だけが、私から流れていた。

心から泣く孝太を前に、私の心は空っぽだった。鼻から吸い込んだ、やけに乾いた夜の空気だけがスースーと私に入ってきた。今日みたいな、冷たくて悲しい春の匂いがした。

あの夜、外に流れ出ることができなかった感情が今、心の奥底から、私の体を突き抜けるようにしてかけのぼってくる。鼻から、目から、熱い水が噴き出てくる。駅までの道を歩いていた私は、顔を両手で覆って立ち止まった。

赤ちゃんがいなくなって、今日、孝太もいなくなった。私の家族になるかもしれなかったふたりを、私は、選ばなかった。

悲しみが、痛い。痛くて、寂しい。寂しさが、怖い。怖くて寂しくて、どうしようもなく、悲しいよ。悲しい、よ。でも、でもどうしてだろう。

私は自分の涙を浴びるようにして道端にうずくまりながらも、どこか冷静に思っていた。

私の体の中に宿った命がこの世から消えたあの夜よりも、どうして、今のほうが苦しいの。孝太なんて、他人だし、孝太は死んだわけでもなくて、私の人生から去っていったというだけなのに。それも、お互いが少しずつ離れていった結果なのに、どうして。どうして孝太との別れは、こんなにも悲しいの。孝太ともう会えないんだという事実が、胸をえぐるようにして私の心を空っぽにする。

吐き気がするほど胸が痛くって、呼吸が乱れるほど激しく、激しく、涙が出る。

泣きたいのは、私だよ。
いつだって
泣く権利は
私のほうにあったと思う。

人が、うずくまっている私の横を通り過ぎた気配を感じて、私はやっと頭をあげた。熱をもったおもたいまぶたをうっすら開けると、NINE のデニムが見えた。

同世代の女の子だと分かった瞬間に私は立ち上がっていて、こちらをチラリと一瞬振り返った彼女に顔を背けながら、私は足早に彼女を追い抜いた。

別れ話用のフルメイクは、涙をかぶった私の顔の上で今、どんな風に溶けているのだろう。孝太のアパートに向かう前、すでに泣き腫《は》らしていた目を氷で痛いくらいに冷やして、アイラインをまつ毛の生え際の粘膜《ねんまく》にしっかりと引いた時、私は孝太の前では泣かないことを誓ったのに。

歯を食いしばってでも、笑顔でさよならしたかった。それは、私の孝太への優しい気持ちから。涙で濡《ぬ》らすわけにはいかないほど、完璧《かんぺき》に美しく仕上げたフルメイク顔で孝太の記憶に残りたかった。それは、私を裏切って、野暮ったい女を選んだ孝太への意地悪い気持ちから。

この数年、高校時代からそう変わらないところに立ち続けている孝太をそこに置き去って、ひとりで成長した自分を、ふたりのあいだに開いた差を、分かりやすいかたちで孝太に見せつけてやりたかった。

そうか。今、気がついた。私、許すよ、分かるよ、仕方ないよ、なんて口では優しい声をかなでながら、手の込んだメイクで武装した私の顔で孝太を、思いっきり、傷つけてやりたかったんだ。

憎いほど、愛してたんだ。


そう思ったらジュッと、タバコの火を肌に押しつけたような音を立てて、涙が心に染み込んでいった気がした。またこぼれ落ちそうになった涙を目の中に戻すように目線をぐるりと回すと、携帯ショップの前に立てかけられた宣伝用の旗が静かに私を囲んでいた。

あれは何年前だろう。この店の中で、携帯のデザインの趣味が合わないことで孝太と口論になり、つい声を荒げた私が「ケンカなら外でやってください」と店員に注意されたことがあった。赤面症の私の顔がボッと火照《ほて》ったのを見た孝太はその場で腹を抱えて笑い、私も噴き出した。店をでると、朝から雲行きが怪しかったグレーの空が、雨をパラパラと降らせていた。孝太にぎゅっと抱き寄せられた肩が、嬉《うれ》しかった。

私は携帯ショップの前を早足で通り過ぎ、角を右へと曲がった。

現在進行形だった関係に終止符が打たれた途端、すべての出来事が思い出としてキラキラキラキラと、苦しいくらいに悲しく光り出すのはなんでだろう。その中にいた時は、孝太との時間に光るものがないことが、一番の悩みだったというのに。皮肉。

バッグの中からＳｕｉｃａを取り出して駅の構内に入ろうとすると、ドラッグストアが目に入った。あの時、孝太がわざと趣味の悪い紫色の千円傘を買って、私を笑わせてくれた場所。その瞬間、目の中にたまっていた涙がボロリと頬《ほお》に落ちた。どこかまだ実感が湧いていないところがあった孝太との別れが、急に現実味をもって襲いかかってきた。

改札についた時、私は、もう二度と歩くことがないだろう道を歩き終える。4年前、ひとり暮らしを始める孝太に付き合って一緒に物件を決めたその日から、何百回往復したか分からない、アパートから駅までのこの道を。

私たちはその上をただ通っていただけなのに、並んで歩くたびに無意識に、ふたりの小さな思い出の粒をいたるところに落としていた。戻れなくなることのないように、とパンのかけらを落として歩いた、ヘンゼルとグレーテルのように。

戻らないことを決めた今、永遠を求めていた頃《ころ》のふたりが落としておいた光の粒たちがいっせいに、私を引き止めようと香り立つ。


ふらふらと倒れ込むようにして改札の端のゲートに後ろ手をつくと、コートのポケットの中で携帯が鳴った。

ボブ・マーリーじゃない着信メロディにガッカリしている自分にすこし戸惑いながら、もたもたと携帯をバッグの中から取り出していると、音が鳴りやんだ。

あ。手に取った携帯画面に残った岡崎の名前に、私は慌てて発信ボタンを押した。

「……もしもし」

私はわざと、涙声を隠すことをしなかった。

「なぁ、お前今どこ?」

ドン底まで沈んでいた胸が急にドクンと高鳴るのが分かった。と同時に、師匠に対してまだ男としての何かを期待している自分の必死さが、悲しくもあった。

「……昨日と同じ、駅にいます」

少し迷ってから、私はあえてアシスタントとしてではない答え方をした。

「……あ、そう。ちょっと頼みたい野暮用があるんだけど、うち来れるか?」

さっきまで私を泣かしていた、光の粒の香りが消えてゆく。そして、まるで潮の満ち引きのように、あんなにもあふれ出しては止まらなかった涙がすうっと奥へと戻っていった。

電話を切ってから、駅の向こうを振り返った。これからは、あの女が安っぽい靴をパタパタと鳴らして、この道を歩くのだ。

Suicaがピッと音を立てる。背中の向こうにあるものにはもう、何の未練も感じなかった。


昨夜のデジャブ。私は昨日と同じ駅のトイレで鏡に向かいながら、化粧ポーチを広げ、涙でぐちゃぐちゃになった顔をなんとかマシに見せようと格闘した。つい数日前までは、徹夜作業で疲れ果てた汚い姿しか見せたことがなかった、仕事の上での師匠でしかなかった岡崎という男のために私は必死になって、涙で溶けたマスカラとアイライナーがつくった目の下の黒いクマをコンシーラーで隠している。

スタイリストとしての師匠にはずっと憧《あこが》れてきたし尊敬はしてきたけれど、男として、という以前に人として、私は彼が嫌いだったはずなのだ。ずぼらで適当な性格のしわ寄せで、何度徹夜させられたか分からない。女に対してもだらしなく、師匠がモデルを口説いているところは何度も見てきたし、そうして彼が実際に寝たモデルの名前も軽く10人はあげられる。師匠はもちろん、簡単に彼の誘いにのってしまうモデルのことも、私は軽蔑《けいべつ》してきたのだった。

それなのに私は昨日、突然の発作に襲われるようにして、岡崎隼人という男を手に入れたくてたまらなくなった。孝太が私よりもエミリのような女を選んだという事実に打ちのめされ、トイレの床に膝をつけて嘔吐《おうと》するたびに便器の中へと流れていった私の自尊心は、駅前のロータリーで私を迎えに来た師匠のクライスラー・ジープを見つけた瞬間に、以前よりも大きくなって私の中で膨れ上がった。

どこかで孝太とエミリが見ていればいいと思った。私には、駅に迎えに来てくれるだけでいちいち画になる、イケてる男がいるってことを、ふたりに思い知らせてやりたかった。

でも、そんな私の優越感は、針をプチっと刺された風船のように一瞬にして情けなくしぼんでいった。くわえタバコをしながらアクセルを踏んだ師匠が、助手席に座った私の顔をチラチラと見ながら、「ひってぇ泣き顔。青春だなー。若いなー」と笑う横顔を見ていたらすぐに、私は彼のアシスタントでしかないという現実に引き戻された。

私をそのまま船橋の家まで送り届けた後で、「明日、石田いるし、寺田、お前オフでいいよ。明日なんてもっと顔腫れてブサイクになってるだろ？　そんなんで現場来られても、ねぇ？」と師匠はおどけて見せた。笑い返す、余裕なんてなかった。「ありがとうございます」といつも通りの冷静な口調で言って車を降り、家に入り、階段を上がって自分の部屋のドアを開け、ベッドに腰掛けた途端、私は顔が耳まで熱く火照ってゆくのを感じた。

プライベートと仕事の境なく女に手を出すことで有名な師匠に、私は、相手にされなかったのだ。恥ずかしかった。師匠とキスするかもしれない、とトイレの洗面所で口をゆすいだ自分が、とんでもなく痛々しく思えて、もう死んでしまいたいくらい悲しかった。勘違いしてわざと大きく膨ませた私の自尊心は、もう見えないくらいに小さくしぼんで、体のどこかに落ちたのだろう。

孝太が、ずっと一緒にいた私よりも出会ったばかりのエミリを選んだことも、当然のように思えてきた。涙を流す気力もなく、憔悴《しょうすい》しきった私はそのままベッドに倒れ込んで眠ってしまったようだった。

体の底からドッと噴き出したマグマのような怒りで目が覚めたのはその数時間後で、私は孝太に電話をかけ、孝太を呪《のろ》うような気持ちで彼を罵りながら、そんな自分に、喉《のど》がすりきれるほど泣いた。

そして、私はまた落ち着きを取り戻し、意地悪く優しく孝太と別れ、悲しみに狂うようにすすり泣き、孝太とエミリを思いきり見下し、今、師匠の部屋の前に立っている。メリーゴーラウンドのようにぐるぐると同じサイクルを回り続ける感情のままに、私は昨夜のリベンジに挑もうとしていた。

乾いた唇を舐《な》めて湿らせ、インターフォンを押した。ドアを開けた途端、師匠が私を押し倒してくれたらどんなに救われることだろう。そうすれば前に進めるような、そうしなくちゃ孝太を後ろに押し込むことができないような、そんな気がして心がフラフラ揺れている。

開いてるよ、と部屋の中から師匠の声が聞こえてきたのでドアを開けると、見覚えのあるヌードカラーのハイヒールが視界に飛び込んできた。目の前にあるこの靴は、私が年末にアメリカのファッション誌『V』の中に見つけて一目惚《ひとめぼ》れし、スクラップした記事を今も手帳に挟んでいるジュゼッペ・ザノッティの新作だ。どっちみち私には手の出ない値段だということは分かっていたけれど、それでもどうしても欲しくて問い合わせたところ、日本未入荷とのことだった。

上質なレザーに吸い寄せられるようにして片方をそっと手に取ると、ヒールがほんの少しだけ斜めにすり減っていた。私はそれを見て初めて、この部屋に女がいることに気がついた。赤いタイルが敷きつめてある玄関の上にそっと靴を戻すと、それは一枚の画のようだった。その隣に自分のパンプスを脱ぐことをためらっていると、

「あー、アシスタントちゃん！」

私には手の届かないレベルのものを日常的に履くことができるこの靴の持ち主が、部屋の奥から出てきて私をそう呼んだ。

「この前、撮影で会ったよね。お久しぶり」

前から私が憧れていた、ヘアメイクのＭｉｋｕさんだった。

「寺田ー！　これなんだけどさぁ」

その後ろから、師匠が大きなGUCCIの紙袋を持って玄関まで歩いてきた。

「これ、ここの事務所に今日中に届けてほしいんだよね」

師匠はそう言ってから、紙袋と共に有名な女性カメラマンの名刺を私に手渡した。

「中身なにー？」

私の手に渡った紙袋の中身を覗《のぞ》き込むようにして、Ｍｉｋｕさんは師匠の脇《わき》からすっと顔を出した。その時、師匠の腕にさりげなく添えられた彼女の手が、ふたりの関係を私に告げた。

「あー、ジャケット。買い取りたいってけっこう前の撮影で言われててさ、先週までに渡す予定だったんだけど俺、すっかり忘れてて。明日着たいんだって」

師匠の声が、急に遠くなった気がした。「よろしくねーん」と師匠が私に向けた笑顔の隣で、「アシスタントちゃんも、大変だぁ」と笑ったＭｉｋｕさんの声だけが、うるさいほどに大きく感じられた。

「了解です。じゃ、私はこれで失礼します」

今日、孝太の記憶に刻むべく履いてきた、私が持っている靴の中では一番気に入っていたはずのパンプスで、私はジュゼッペが置かれた赤い玄関を後にした。


私は、孝太を置いて、いったいどこに行きたいと思っていたの？

孝太を見下しながら見上げ続けたその場所は、私を人とも思っていない。そこに手がほんの少しかすっただけで思いあがっていた私は所詮《しょせん》「アシスタントちゃん」と呼ばれる名無し女で、そんな私は今、傷ついた足をひきずる思いで、有名カメラマンが明日パーティで着るためのジャケットを運んでいる。

私は、こんなにもボロボロになって、いったい何を追いかけているの？

一生懸命になればなるほど、頑張れば頑張るほど、安らぎから遠のいていくこの道の途中で、私は誰より私に優しくしてくれていた人を失った。

私に夢なんてものさえなければ、今もこれからもずっと孝太といられたと思うのだ。将来やりたいことなんて分からないよね、と同じ悩みに手をつなぎ、一緒にいられればそれでしあわせだね、と同じ未来にキスをして。

夢なんてものさえ、追わなければ？


なんの役にも立たなかったイアフォンを耳から引き抜くと、私は涙に濡れる頬をひとり、横に振った。倒れ込むように額をぶつけた窓ガラスが、火照った肌にヒンヤリと心地よくて、私はそこに顔を突っ伏したまま、もう一度小さく、顔を横に振った。

自分が一番よく、分かっている。

エミリのような女なら満たされる生活の中に、私はしあわせを見出《みいだ》すことのできない女だってこと。旦那《だんな》の給料をやりくりしながら家計を支え、化粧をする暇もなく子供をベビーシートに乗せてミニカーを運転する主婦には、どうしてもなりたくない女だってこと。

上を、上を、上をと常に高望みしてしまう自分が、憎い。自分の中にいる憎き女を引っ張り出して殺せるもんなら、今すぐにでも殺してやりたい。

そう思ったら、まるで誰かにガッと胸ぐらをつかまれたかのように、一瞬息ができなくなった。頭の中を駆け巡る自分の声に、もう黙ってほしかった。もう、何も考えさせないでほしかった。それなのに、私はこの、夢を見つけた遠いあの日を、静かに思い出し始めていた。

初めて見せる私服に、緊張していた、日曜日。その日のために地元の駅ビルで買った、女の子っぽいアニエス・ベーのワンピース。それに合わせた、ドクターマーチンの男の子っぽいブーツ。「オシャレだね」って、孝太が褒めてくれたことが、どうしようもないくらい嬉しくて、私は、あの日、洋服に目覚めたんだった。海外のファッション誌を買い始め、気になるコーディネイトを切り抜いてスクラップブックに貼《は》ったりした。すべては、孝太に見せるため。孝太にオシャレだって思ってほしい、その一心だった。

いつからだったんだろう、洋服への情熱が、孝太へのそれを、追い越したのは……。

窓ガラスの外に視線を伸ばそうとしてみても、熱をもったまぶたが、重くてすぐに落ちてしまう。まぶたを何度持ち上げてみても、うっすらと開いた視界はすぐに暗くなり、そのたびに、涙でずれたコンタクトレンズがゴロゴロと嫌な違和感をもって、右の目玉を傷つける。

もう開けていられなくなった右目の痛みをこらえながら私は左目をうっすらと開き、私は必死になってバッグの中に入っているはずの携帯を探した。ストラップの金具が指に触れると私は一気に携帯を手繰り寄せ、最初からかけるべきだった相手に電話をかけた。

陽子。お願い、でて。携帯を持つ手に力が入ってしまうほど強く祈っていた私の想いは、留守番電話サービスの無機質なアナウンスによって打ち砕かれた。スルスルと力の抜けてゆく指先で携帯を耳から浮かそうとすると、一瞬、陽子の声が聞こえた気がした。

「もしもし？」

思わず叫んだ私の声と、陽子の声が重なった。

「――ちらは、高木陽子の携帯です。ただいま電話にでることができませんので、お手数ですがメッセージを残してください。こちらから折り返しお電話させて頂きます」

ピーッという発信音が鳴ってもまだ、電話を切ることができなかった。陽子がわざわざ自分の声を録音して携帯に登録したこのメッセージが、誰に向けられたものなのかが分かったからだ。

フェイシャルエステの練習をさせてくれるお客さんを何人か紹介してもらったんだ、と陽子は言っていた。今は無料で、私の練習台としてトリートメントをさせてもらうけど、もし気に入ってもらえれば、未来の私のお客さんになるかもしれない方たちだから大切にしなくちゃ、と陽子はとても嬉しそうに話してくれた。

これは、まだ会ったこともない彼女たちに向けた、陽子の誠意。まだカタチになるかどうかも分からない夢に対する、陽子の情熱。


上を目指して頑張ることに罪悪感を抱く必要なんて、まったくない。

心の中で、私はそう言い切った。陽子に自分の姿を重ねることで、私は初めて自分にそう言ってあげることができた。欲深い自分を許してあげたいと、私は初めてそう思った。

だって、より多くを手に入れたいと思う私は、そのための努力だって惜しむつもりはないのだから。今までも、そして現に今この瞬間も、私は身を壊すような思いで下積みを続けている。今はまだ名前で呼んでもらえなくても、有名スタイリストのアシスタントとして雑用をこなすだけの、うんざりする毎日でも、それを途中で投げ出そうと思ったことは、一度もない。

そんな私の努力は、いつかきっと実を結ぶ。そして、その先には、こんなにも欲張りな私を満たしてくれる世界があることを、私はちゃんと知っている。

私の脳裏に、Ｍｉｋｕのジュゼッペの靴が鮮明によみがえる。

あの靴は、自分の力で成功させたキャリアと、自分と同等の成功した男との恋愛を両立させた女が、人生を歩くためにつくられたもの。

私は右手を伸ばして、GUCCI の紙袋にそっと触れる。

この30万円はくだらない高価なジャケットを衝動買いし、それを知り合いのアシスタントに運んでこさせることのできるカメラマンだってきっと、このジャケットにふさわしいだけの努力を積み重ねてきた女なのだ。

ふたりが今、しあわせなのかどうかは分からない。キャリアをその手につかんだ女のその後までは、今の私にはまだ想像がつかない。ただ、それを手にしない人生に満たされない自分がいることだけは確かなのだ。

なにひとつ約束されていない夢の途中で、私はまたひとつ大切なものを失った。だけど、ううん、だからこそ、私はこの道をひたすら追ってゆくしかない。そして、そんな道を走っているのは、私ひとり、だけじゃない。


「7820円になります」

私の泣き声にピタリと黙り、その後はずっと気まずそうにしていた運転手が小さな声でつぶやいた。私は財布を開き、次の給料日までこれで過ごそうと思っていた貴重な一万円札を取り出しながら、そんな内情は微塵《みじん》も感じさせないような態度で言った。

「領収書、頂けますか?」

GUCCIの大きな紙袋を抱え、約8000円の距離をタクシー移動する私は彼の目に、私が目指しているような女みたいに映っただろうか。今日という最悪な一日のほんの気休め程度にしかならなくても、そうだといいなと思いながら、開いたドアの下に足をきれいにそろえて降り立った。

「もしもし、岡崎のアシスタントの者ですが、岡崎がいつも大変お世話になっております。今ジャケットを届けに事務所の近くまで来ているのですが…。あ、はい、今その橋の前にいます。はい。この道をまっすぐですね。分かりました。伺います」

真冬へと季節が逆流したのかと疑うような冷たい風が吹いていた。私の髪を一気に後ろへと流しながら私を通り過ぎた風は、川を挟んでずらっと並んだ木々の細い枝をザワザワと大きく揺らしていた。まだ冬の面影を残したその枝の上では、まだピンク色にもなっていない緑色の小さなサクラのつぼみが、そこにしがみつくようにして一緒にユラユラ揺れていた。

水ぶくれがつぶれてしまったかかとはまだひどく痛んだけれど、私は地面にまっすぐヒールをおろし、背筋を伸ばして橋を渡った。

Scene 10 ――――● エミリ

いつか、いつか、と
思っているあいだに

知らぬ間に、
わたしは大人になっていて
夢も、一緒に、汚れていた。

数日間ずっと降り続いていた雨が、さっき、急にピタリと降りやんだ。今朝わたしが出勤してきた時までは、春という季節がウソのように寒かったというのに、今、窓からは、夏のような光。

急にクーラーをガンガン入れ始めた店内は肌寒いくらいなのに、その奥にあるこの小さな事務所の中は、汗ばむほどに蒸し暑い。小さな窓がひとつ全開になっているけれど、そこからは強い日差しが差し込んでくるだけで、風はまったくこない。

腕には日焼け止めを塗っていないから迷っていたんだけど、遂《つい》にガマンできなくなって白いブラウスの袖《そで》をひじまでまくりあげた。折った部分のブラウスにファンデーションがつかないように気をつけながら腕で額の汗を拭《ぬぐ》うと、わたしはお弁当箱の上にお箸《はし》を置いた。

お肉と卵のそぼろご飯を半分食べただけで、ブロッコリーとにんじん、デザートのリンゴにはまだ手もつけていないけれど、暑さでちょっと気持ち悪くなってしまったわたしは、お弁当箱にフタをした。

机の上に置いてあるタイムカード用の時計を見ると、休憩時間が終わるまでにまだあと20分もある。エプロンのポケットから携帯を取り出して、もしかしたらちょうど今頃《いまごろ》、わたしと同じお弁当を食べているかもしれないコウちゃんにメールをつくった。

To 旦那さま
Sub お仕事がんばってね！
今バイトランチ休憩♥

帰ったらコウちゃんの大好きなチーズハンバーグと他にも色々つくるよ♥今夜はちょっぴりごちそうです♥

画面の中の文章を2回読み返してみると、ハートマークが多すぎるような気がした。わたしは最初のハートを音符マークに、最後のハートをスマイルマークにそれぞれ変えてから、送信ボタンを押した。

今日は、コウちゃんとわたしの2年記念日。2年前の今日、コウちゃんはわたしに約束をしてくれた。

どうしてだろう、わたしの人生の中で一番しあわせなことが起こった日のことを思い出しているのにチクリと少し、胸の奥が痛くなったような気がした。けど、そんなの絶対、気のせいだ。

しばらく手に握りしめていた携帯を机の上に置いて、ピンク色のお弁当箱をトートバックの中に戻した。コウちゃんは今日も、わたしとおそろいの水色のお弁当箱を会社に持っていってくれたのだ。そう思うだけでフワリと心が、温まる。

わたしは、しあわせ。

携帯をもう一度手に取ったが、画面に新着メールのサインはでていない。バイブモードになっていることを確認して、携帯をエプロンのポケットの中に戻した。そして、トートバッグからリップクリームを取り出してから、バッグをロッカーの中にしまい、ロッカーの扉の内側についている小さな鏡を見ながら、クリームをのせた人差指でゆっくりと唇をなぞった。

顔が少しむくんでいるのは、生理が近いからかな。コウちゃんと一緒に暮らすようになってからは、過食することが減った。そのせいか分からないけれど、2年で3キロ痩《や》せることができた。でも、もっと、と鏡を見るたびに思ってしまう。今くらいが一番可愛《かわい》いから痩せないでって、コウちゃんは言ってくれる。でも、きっと、と心の中で思わずにはいられない。きっと、コウちゃんのタイプは、もっと、細い女の子なんだって。

とっくにクリームを塗り終わったツルツルとした唇の上に、何度も指を往復させていた自分にハッとした。唇から指を離し、リップクリームをポケットの中に放り込んだ。

脳裏にはっきりと浮かんでしまった彩の姿を消し去るために、わたしは2年前から伸ばしている長い髪を耳にかきあげた。そこでは、1年前の今日、初めての記念日にコウちゃんがプレゼントしてくれたパールのピアスが、1年後の今日も、わたしの上で光っていた。

わたしは指で小さく丸い、その玉に触れて目を閉じ、「好き」、と3回、心の中で繰り返す。

いつものおまじないを済ませると、わたしの頭のど真ん中に立っていた彩が、すこし脇《わき》へと、ずれていってくれた。

わたしは右手首につけていた黒いヘアゴムで髪の毛をまとめ、右の肩ひもがねじれていた黒いエプロンをつけなおした。

時間を、早送りできればいいのに。早く、夕方になればいい。わたしはいつものピンクと白の水玉模様のエプロンに着替えて、キッチンに立って、コウちゃんのためにご飯をつくり始めるの。コウちゃんが学生時代からずっと住んでいるアパートのそれは、キッチンと呼べるほどのものではないけれど、それはわたしがやっと辿《たど》り着くことができた、わたしの居場所なのだ。夜ご飯のメニューに必要な食材を頭の中にリストアップしているだけで、わたしはいつだってとても満たされた気持ちになる。今日のような記念日は、それはもう特別に。

どうしようかなぁ。考え始めると、頭から彩が消え、心が浮き立ってゆく。頭の中のわたしの声も急に明るくなって、わたしはひとりで心の中ではしゃぎだす。

あぁ、どうしよっかなぁ。週1ペースで作っているコウちゃんの大好物を、特別なディナーに仕立てるのって、意外と大変だなぁ。ハンバーグに入れるチーズをいつものチェダーからカマンベールに変えたら、コウちゃんは嫌がるかな。コウちゃんはポテトサラダが好きだけど、マッシュポテトをハンバーグに添えることにして、サラダにはルッコラをたっぷり、オイルベースのドレッシングを作って、全体的にイタリアンにするとか。あ！　いつものスーパーに、ブランデー売ってたっけ。なかったらパウンドケーキ、作れないじゃない、どうしよう。

「ね、そろそろ、休憩いい？」

後ろから突然聞こえてきた声に、体がビクッと震えてしまった。振り返ると、社員のおばさんが立っていた。「あ、すみません。すぐ代わります」と慌ててタイムカードを押すと、休憩時間を5

分多く取ってしまっていた。

　天井に埋め込まれている冷房から出ている風が、わたしの背中に直接当たっている。さっきかいた汗でうっすらと濡《ぬ》れていた背中部分のブラウスの布が、氷のように冷たくなってゆく。わたしはめくりあげていた袖《そで》を伸ばしながら、すぐそばで接客をしている店長に聞こえないように小さくため息をついた。

　冷房を効かせすぎた空調に、真っ白な蛍光灯の明るすぎる照明。一日に何度も繰り返される、同じ内容の店内ラジオ。レジカウンターの奥に立つと、急に現実に引き戻された気分になる。でも、それってヘンだ。ついさっきわたしが夢心地で思い浮かべていた画だって、数時間後のわたしの現実なのだから。

「あのぉ！　すみません！」

　女の人が、レジを挟んでわたしに聞いていた。お客さんだ。ちょっと前から話しかけていたのだろうか、彼女は怒っているように見える。

「……あ、はい、ごめんなさい」

　自分で思っていたよりも小さな声しかでなかった。

「日焼け止めどこに置いてます？」

　彼女はとても早口でそう言うと、早く答えなさいよとでも言わんばかりに足をカタカタと貧乏揺すりし始めた。

「……あ、店の前に出ていたと思います」

「……」

そんな目で、見られるようなことを今、わたしは言ったのだろうか。彼女は頬《ほお》を引きつらせながら眉《まゆ》を下げ、わたしに同情するような視線でわたしを見下ろした。カツカツとヒールの音を響かせて階段を降りてゆく彼女の後ろ姿を見ている頃には、わたしの視界は涙でユラユラぼやけ始めた。

これが、わたしの、現実だ。学校という場所にうまく馴染《なじ》めないから、と短大を中退し、一度壊れてしまった家族との関係はもう修復できないから、と家を飛び出した。コウちゃんにすがるようにしてそのふたつから逃げ出した時、わたしは、すべての苦しみから解放されたような気がしていた。

でも、わたしがうまくやれないのは、ここでも同じ。たった週4回のアルバイトを、わたしは泣かずにこなせない。みんなが楽しそうに生きている同じ社会の中に、わたしもいるのに、わたしだけどうしても馴染めない。

ダメ、ここで涙を流したら店長に怒られる。わたしはレジに背を向け後ろを向いた。冷房の風が、ひどく冷たく頬に当たる。すでに顔が涙でびしょびしょに濡れていたことに、わたしはもっと泣きたくなった。

だから、この中に、いたくない。
コウちゃんとしか、いたくない。

涙を拭《ふ》こうと腕をあげると、わき腹にブルブルと細かな振動を感じた気がした。わたしは急いで腕を下げエプロンのポケットの中に手を入れた。勘違いではなく、確かに震えていた携帯はわたしの指先が触れた瞬間にピタリと止まった。この短い振動は、着信ではなくメール受信。

コウちゃんからの返信だ！　そう思っただけで、真っ暗だったわたしの心はコウちゃんという明るい光に照らされた。

自分の背中に隠れるようにしてポケットから携帯を取り出すと、画面には、ショートメール受信1件の文字。コウちゃんなら普通にメールに返信してくるはずだ。不審に思ってメールを開くと、

今、マツキヨなんだけど
レジにいるのお姉ちゃん
だよね？

頬が涙でぐっしょりと濡れていることも、レジのすぐ向こうには店長が立っていることも忘れて、わたしは携帯を手に持ったまま後ろを振り返った。ガランとしたフロアの奥にポツンと立っていたマミと、目が合った。

わたしはマミから急いで視線を逸《そら》してしまった。それでも、隙《すき》なくメイクされた綺麗《きれい》な顔も、超ミニ丈のワンピースから突き出た細長い手足も、ヒールの高い、派手な色をしたサンダルもハッキリと見えた。それらはすべて、わたしを攻撃するための武装のようにしか見えなかった。

2年ぶりに見る妹は、わたしに彩を思わせた。

マミがこっちに向かって歩いてくる。わたしはレジの前に立ったまま、どこかに逃げ場はないかと慌てて視線を泳がせた。店長はまだ右端の化粧品コーナーにわたしに背を向ける格好で立って、今このフロアにいる唯一のお客さんを接客している。社員のおばさんはまだ休憩中で、わたしは、レジを離れることができない。

マミがわたしの目の前に立つと、自然とマミに見下ろされるかたちになった。わたしはジッとうつむいて、もう何年もカウンターに貼《は》りついたままになっているのだろう黒く汚れたセロハンテープに、上からまっすぐ画鋲《がびょう》を刺すようにして視線を固定した。

「ねぇ、超ひさしぶりじゃん。元気？　ねぇ？」

あいかわらずのマミのギャルっぽい喋《しゃべ》り方にうんざりしながらも、わたしはゆっくりと視線を持ちあげた。アーモンド型の目をビッシリと縁取るようにつけられたまつ毛エクステが、マミの目をより大きく鋭く、見せている。

「……」

わたしはあなたよりイケている、という無言の威圧感に押されて、唇が動かなかった。

「ねぇ、お姉ちゃん、聞いてんの？」

言葉が出ないどころか、目を合わせているだけで負けてしまいそうで、わたしは視線をセロハンテープに落とした。ヤバイ。まぶたに押されて、涙が落ちた。

「え、うそ、マジ？　なんで泣いてんの？」

「泣いてないってば！」

そう言って睨《にら》みつけることでマミの視線を奪い、その隙にわたしはカウンターにポツンと落ちていた涙の丸い滴を手でサッと拭《ぬぐ》った。ウソじゃない。マミなんかに泣かされたわけじゃない。ゆるんだままになっていた涙腺《るいせん》から、さっきの残りの涙が最後にちょっぴり出ただけだ。

「てか、どうなってんの？　結婚は？　したわけ？」

「……」

そうだった。わたしは2年前、もう結婚するからと言い残して家を出た。本当にそのつもりだったけれど、今もまだ、わたしはコウちゃんを携帯電話の中でこっそりと「旦那《だんな》さま」と呼ぶことしかできていない。結婚の〝け〟の字すら、コウちゃんとの会話の中に出すことができないのは、重いと思われ、嫌われ失うことが、何よりも怖いから。

「ねぇ、」

下を向いているわたしの頭の上に、マミの不機嫌な声が降ってきた。それでも無視していると、しばらくしてマミがアハハと小さく笑った。

「なぁんだ、まだ、佐藤じゃん！」

わたしのエプロンについている名札を見たのだろう。悔しくてどうにかなってしまいそうだったわたしは、意識をセロハンテープに集中させた。ベッタリとこびりつき、もう二度とカウンターから剥《は》がれそうもないように思えたテープの端っこが、ほんの少しめくれていた。わたしはそこに、自分の短い爪《つめ》を差し込んだ。

「結婚してないんじゃん。なんで？　男と別れたの？」

力を入れて引《ひ》っ掻《か》きすぎて、めくれていた部分のセロハンテープだけが剥がれ、わたしの爪の中に入り込んでしまった。

「ねぇ、さっきからシカトしないでくれる？」

「……仕事中なの。あっちいって」

わたしは黒い汚れが入ってしまった右手人差指の爪を眺めながら、わざと小声になってマミに言った。

「……あいかわらずだね、その態度」

嫌味ったらしいため息をつきながらマミはそう言うと、「仕事ってこんなの、バイトじゃん」と、わざと独り言のようにつぶやいた。そして、自分が先月、美容の専門学校を卒業し、来週から美容院でネイリストとして働くことを自慢気に話し始めた。

仕事をすることってそんなに偉いわけ？

ノドまで出かけた言葉を呑《の》み込《こ》み、代わりにマミを無視することにした。自分でやったというジェルネイルを見せびらかすためにわたしのほうへと伸ばしたマミの指先に、言葉を落とすようにして、わたしは言ってやった。

「あの、すみません、他のお客様のご迷惑になりますので」

マミは、ラインストーンでキラキラと光る指先をわたしのほうに突き出したまま、眉《まゆ》をしかめてわたしを見下ろした。そして、困った顔して微笑《ほほえ》みながら、妙に優しい声を出した。

「ママも心配してるから、たまには電話でもしてあげてよね」

「……」

ダメな妹を見守る姉のような視線で、姉であるわたしをバカにした妹の髪を、わたしはもう引っ張ったりはしなかった。

カツカツとヒールの音を響かせて去ってゆくマミの後ろ姿を眺めていたら、ママのことを思い出した。高いヒールに細い足首、締まったふくらはぎの上に、スカートの裾《すそ》。まだ幼かったわたしたちがいつも見上げていた、仕事に出かけてゆく、ママの後ろ姿。

「じゃあね」とわたしたちのほうを振り返るママの顔にはいつもきちんと化粧がされていて、わたしはママのその綺麗な顔が大嫌いだった。たまに家にいてくれる時のママの優しいスッピンの顔が、わたしは大好きだったから。

保育園に通っていた頃、ママがオシャレな洋服に着替えて、化粧をし始めるのを見るだけでわたしは泣いていたのだった。ママが「仕事なんだから仕方ないでしょう」と、泣くわたしをなだめるたびに〝仕事〟というものが憎くてたまらなくなっていった。小学生にあがったばかりの頃、編集者のママがつくった雑誌をぜんぶ捨てたこともあったけど、仕事で忙しいママはそのことにさえ気づいてくれなかった。

ママは今も変わらない。家出同然で家を飛び出した娘に、電話を一本入れることもできないほどに、ママの頭は仕事でいっぱいなのだ。メールアドレスを変えても番号はそのままにしておいたのは、ママからの電話を待っているからなのに。

いつだってママの愛は足りなくて、わたしはいつだって愛に飢えている。

同じように育ったのに、マミがママと同じようにキャリア志向なのはどうしてだろう。マミもママみたいなお母さんになるのかな。そして、彩も。

赤ちゃん、かわいそう。

ふとそう思ったら、やりどころのない怒りが胸いっぱいに湧《わ》いてきて息が急に苦しくなった。わたしは絶対に、自分の子供にはあんな寂しい思いをさせたくない。仕事なんてしないでずっと家で一緒にいて、たっぷり過ぎるくらいの愛をそそいで育ててあげる。ママや彩の何百倍もいいお母さんに、なる自信がわたしにはある。

それなのにまだ、赤ちゃんはわたしに、会いに来ない。

床に膝《ひざ》をつき、シャンプーのボトルを段ボールから取り出して一番下のラックの中に補充していると、耳にタコができそうなほどに馴染みのあるＤＪの声がまた、店内に響き出した。生放送のラジオっぽく録音されたこのＢＧＭはいつだってわたしをうんざりさせるけれど、今日は特にわたしを苛立《いらだ》たせる。

「今日はエイプリルフールですね、みなさんはどんなウソをつきますかぁ⁉」

消し去りたい、けど忘れられない。コウちゃんを自分のものにしたい一心でついた、妊娠したというわたしの黒いウソ。そのかけらは、さっきのこびりついたセロハンテープのように、今もわたしの心の中に剥がれずに残ってしまっている。早く忘れてしまいたくて、そこを指で引っ掻いても、汚れが爪の中に入ってしまい、結局わたしの体の外へは出ていかないのだ。

コウちゃんは、わたしの妊娠がウソであったということを彩に告げたのだろうか。もしそうなら、と考えただけで、彩がわたしに対して抱いたであろう軽蔑心《けいべつしん》に、わたしは頭をかきむしりたいような気持ちになる。死んでしまいたいほど、自分が恥ずかしくなる。

でも、もし伝えていないのなら、彩の頭の中では今頃、わたしとコウちゃんは結婚して、1歳になる赤ちゃんと一緒に暮らしているのだろう。それが現実となっていたら、わたしはどんなにしあわせだっただろう。

ウソをついたことを後悔しているのは本当なのに、今もわたしはあの頃と同じところに立っている。妊娠検査薬を試してはガッカリして、というサイクルを毎月のように繰り返し、赤ちゃんができないまま2年が経って、コウちゃんとわたしはまだ結婚していない。

だからわたしはまた、赤ちゃんができることがそのキッカケになれば、とグレーな気持ちで思ってしまっている。イヤなのに、そんな自分はキライなのに、そう思っている自分の心にウソはつけない。

まだ生まれてもいない赤ちゃんをわたしの結婚に利用しようとしている自分の黒さが、わたしは悲しくってたまらない。だって、子供の頃から、大人になったら、いつか、いつか、と赤ちゃんを待ち望んでいたわたしのこの夢は、何より純白なものだったはずなのに。

いつか、いつか、と

思っているあいだに
知らぬ間に、
わたしは大人になっていて
夢も、一緒に、汚れていた。

空になった段ボールをたたんで立ち上がると、視界にチカチカと小さな星が飛んだ。昼にお弁当を残したからか、まだ生理もきていないのにすこし貧血気味だ。

化粧品コーナーに立つ店長は、自分の手の甲に口紅を塗って、お客さんに色を見せている。社員のおばさんは、レジに立ってお客さんが会計した商品をビニール袋に入れている。レジの奥の壁にかけられた時計の短い針は、あと1ミリで17時を指す。

もうすこしでバイトをあがれると思ったら、沈んでいた心がすこし浮き上がった気がした。事務所に段ボールを置いて出てくると、店長が接客していたお客さんが階段を降りてゆくのが見えた。店長は、いろんな色で汚れた手の甲をティッシュで拭くと、何本もの口紅のテスターを元の場所へと戻していった。さんざんいろんな口紅を試しておいて、お客さんは何も買わずに帰っていったようだった。

元有名化粧品メーカーでBAをしていたという店長は、きっと何か理由があって、このドラッグストアの化粧品コーナーに流れついたのだろう。40代になる今も綺麗な人だけど、きっと昔はもっと美人だったはずだ。年をとり、キャリアダウンして、いろいろと思うことはあるはずなのに、いつも誰よりも真剣に接客をしている彼女は偉いなぁと、わたしは他人事のように感心した。そして振り返って時計を見ると、短い針がちょうど17時を指していた。

わたしは店長の元に駆け寄った。新商品コスメのポップを棚に張りつけている店長の後ろ姿に「お疲れさまです」と話しかけた。

コウちゃんとの記念日を祝うために使う時間が、ついに始まった。早くここを出て、スーパーに行きたかった。コウちゃんのことを考えながら食材を選ぶのは、わたしにとって、デートと同じくらいの楽しさがある。

「もう時間なのであがってもいいですか？」

「……話があるから、事務所来てもらえるかな」

怒られるとしたら、その理由に心当たりがありすぎる。この場で取り乱してしまいそうになるくらい、一瞬にして頭の中がぐちゃぐちゃになった。

「佐藤さん、あのさぁ」

そう言いながら店長が後ろ手でドアを閉めた時、心がブルブルと店長の次の言葉に対する恐怖に震え始めた。

今日、わたしが仕事中にレジで泣きながらマミと話していたことについての注意でありますように、と心の中で神さまにお願いしていると、

「ポケットの中のもの、出してくれる？」

わたしが最も恐れていた台詞《せりふ》を、店長が口にした。

この場を切り抜けられるのなら、どんなウソでもつきたかった。目の前に立つ店長から顔を隠してうつむいて、そのあいだに頭を回転させて何かいい言い訳を考えなければ。でも、わたしと身長がほとんど変わらない店長の視線がわたしを捕えるようにわたしの目にまっすぐに突き刺さっていて、まばたきをすることすらできなかった。

怖くって、涙も言葉も何も出ない。

「ね？　佐藤さん」

しばらくして、店長はまるで来週のシフト表の提出を求めるような、いつもの声のトーンでわたしを呼んだ。額からまぶたへと流れてきた汗がまつ毛から目に染み込んできたので、わたしはゆっくりとまばたきをした。店長の目はまだ、わたしをジッと見つめている。

もう逃げられない、と思ったわたしは遂に店長から目を逸し、エプロンのポケットの中に右手を入れた。そして、すぐに指の先に触れた細長い箱をつかむと、口にたまった唾液《だえき》をゴクリと呑み込み、店長の前にその手を出した。

「……佐藤さんがあがる前に、会計をお願いしますって言ってくれるの、待ってたんだよ」

「……ごめんなさい」

声を出した途端に、目から涙がボロボロとこぼれ落ちた。わたしは、視線を店長まであげることができない。ピンク色の細長い箱の上にかかれた、妊娠検査薬の文字がみるみる涙でぼやけてゆく。それなのに、それを持った右手人差指の、爪の中の小さな黒いゴミはハッキリと、視界の中で震えている。

「万引きは、通報するってルールなの。たとえガム1個でも犯罪なのよ。それを従業員がやるなんて、その罪はもっと重い」

さっきの店長の声の様子から、もしかしたら許してもらえるのかもしれないと期待していたことに気づいた時には、すでに、わたしはショックのあまりしゃがみ込んでしまっていた。

どうしよう。もうおしまいだ。

わたしは盗んでしまった妊娠検査薬を手に握りしめたまま、目を膝に思いっきり擦りつけた。エプロンのザラザラとした厚手の布が、熱をもったまぶたを押しつぶし、真っ暗な視界の奥にチカチカと小さな星を飛ばす。どうして盗んだりしたの、恥ずかしいなんてのは理由にならないのよ、とわたしを責める店長の声が、頭の上に降ってくる。

わたしは目をギュッと閉じたまま、あのお母さんのことを思い出した。

階段を降りていったマミとほぼ入れ違いで、彼女は階段を上がってきた。まだ生まれて数か月の小さな赤ちゃんを、肩からさげた黒いスリングの中にしっかりと抱いて。

彼女は、見るからにマミと正反対のタイプだった。後ろで1本にくくられた黒髪は長く伸び切っていたし、化粧っ気はまったくなく、目の下のクマや頬に入ったほうれい線が彼女を実年齢よりも老けてみせている感じだった。

それなのに、見るからに柔らかな赤ちゃんの髪の毛をそっとなでた彼女の手の爪は、きちんと短く整えられ、とても清潔に保たれていた。

わたしは、彼女から目が離せなくなってしまった。棚の中で乱れている商品がないか見て回るふりをしながら彼女に近づいて、スリングの中で眠る赤ちゃんを覗《のぞ》き込んだ。お母さんの胸に頬をピッタリとくっつけて、フンワリとまぶたを閉じ、ポカッと小さな口を開けて眠る、その安心しきった赤ちゃんの寝顔はとても幸福そうで、さっきまで怒りと悲しみで固まっていたわたしの心は、うっとりと温かく溶けていった。

この社会の中で、こんなにも安心して眠る場所をもつ赤ちゃんが、うらやましかった。そして、そんな風に自分の赤ちゃんを守ることができる彼女に、とても憧《あこが》れた。

一番下に置いてある紙オムツを見ようとして彼女が腰を屈《かが》めた時、彼女が肩にかけていたバッグが棚に当たって、上にかけてあった赤ちゃん用の爪切りが床に落ちてしまった。大丈夫ですよ、とすぐ近くに立っていたわたしは彼女の代わりに床にしゃがみ込んで、爪切りを取った。

すみませんでした、と爪切りを元の場所に戻しているわたしに彼女が軽く頭を下げた時にはすでに、紙オムツの隣の棚に置いてあった妊娠検査薬は、わたしのポケットの中に入っていた。

発作的だった。

家のトイレの棚には、買い置きしてある検査薬がまだ何箱も、生理用ナプキンの奥に隠してある。それなのに、あの時わたしはどうしても、妊娠と書かれた箱を自分のものにしたかった。

「ねぇ、いいかげん、顔をあげて？　泣いていても仕方ないでしょう？」

店長の苛立った声が耳の奥にキーンと響いた。膝に埋めていた顔をそっと離すと、涙はもう止まっていた。わたしは覚悟を決めるような気持ちで顔をあげ、ゆっくりと立ち上がった。強く握りすぎてすこしつぶれてしまった妊娠検査薬の箱をテーブルの上に置くと、わたしは店長の黒いエプロンについた名札からスニーカーへと、視線を下げて謝った。

「本当に、本当に、すみませんでした」

「……もう一度聞くけど、どうして？　どんな理由があっても言い訳にはならないけど、何か事情があるなら話して」

何をどう説明したらいいのか分からなくて、わたしはまた無言になってしまった。でも、ここでうまく言い訳できれば通報されなくて済むかもしれないと思い立ち、すぐに都合のいいウソを考え始めた自分を、わたしは止めた。これ以上、何より大切にしてきたはずのモノをこの手で、汚したくなかった。

「赤ちゃん、が、欲しいんです」

初めて他人の前で口にしたわたしの夢は、蒸し暑く狭い部屋の中にとても短く、か弱く響いた。でも、その言葉はわたしの心の深いところへとジワジワと染み込んでいっては、わたしをすこし、強くしてくれた。

返事をくれない店長の表情が気になって、わたしは勇気を出して視線を上げた。目を丸くしている店長を見て、彼女が、わたしが検査薬を盗んだ理由として、真逆のことを想像していたことに気がついた。

違う！　そうじゃない！　店長の頭の中で、望まぬ妊娠に戸惑っている自分を勝手にイメージされていたことに耐えられなくて、わたしは大声で叫びそうだった。

「わたし、わたしは、お母さんになるのが夢なんです！」

今まで誰かに聞いてほしいと思っていたけど、バカにされるのが怖くて決して言葉にできなかったわたしの想いが、口から飛び出した。

「……」

何も言わず、目をさらに大きく見開いてわたしを黙って見ている店長は、もしかしたらわたしを軽蔑しているのかもしれなかった。怖くなったわたしはまた、視線を店長のスニーカーまで一気に落とした。

「でも、なかなか赤ちゃん、できなくって」

自分の声の小ささに悲しい気持ちになりながらも、わたしは続けた。

「それで、毎月検査するのがクセのようになっていて……。盗むつもりはまったくなかったんです。それは本当です。でも、今日店で、赤ちゃんを抱いたお母さんを見たら、まだ生理前だけど、もしかしたらわたしもって、そう思って、その時にはもう手が伸びていました」

店長は「そうなの」と一言つぶやいてから、深く長いため息をついた。わたしは、店長の左足のスニーカーのほどけかかっているヒモを、緊張しながらジッと見つめていた。

「あのさぁ」と声を荒げた店長に怯《おび》えたわたしは、もう一度頭を下げた。

「謝ってすむことじゃないのは分かっています。今日で、辞めます。だから、あの…」

「ねぇ、佐藤さん！」

喋り続けていたわたしの声をピシャリと平手打ちするかのように、店長は大声を出した。わたしは、頭を下げた姿勢のまま動けなくなってしまった。

「あなた、自分が何を言ってるのか、分かってる？　お母さんになりたいから万引きしました、万引きがバレたので、入ってまだ2か月のバイトをもう辞めますって、そんな話がある？　あなたの言ってることにはまったく筋が通ってない」

「……」

店長の、言う通りだった。わたしは何をどう勘違いして、今、店長に向かって自分の夢を語ったりしたのだろう。他人にバカにされるのがイヤなんじゃなくて、自分がバカなことがバレることが怖くって、わたしはいつだって口をつぐんできたんだった。こんな最悪のタイミングでそれを忘れて、わたしはどうしてむやみに言葉を、喋ったりしちゃったんだろう。

わたしの汗が、ポタポタと床に落ちてゆく。

「私ね、娘がふたりいるの」

全身が緊張で固まってしまうような、さっきまでの怒鳴り声とは別人のような落ち着いた声で、店長は言った。いつも早番のわたしと一緒に出社して、遅番のおばさんと一緒に店を出るフルシフトの店長が、お母さんだったなんて、とても意外で驚いた。

「私だってシングルマザーになるなんて、思っていなかったのよ。でも、何があるかなんて分からないの。親は、子供を生かしていかなきゃいけない。分かる？　育てるうんぬんの前に、まずは食わせていかなきゃいけないの」

半分の短さになった眉《まゆ》をハの字にしかめながら、

「あなたには、できないと思うわ」

わたしをきつく睨みつける店長からの鋭い視線に、いいお母さんになる自信があると、盗んだものをポケットに入れて思っていた1時間前の自分が、わたしの中で悲鳴をあげていた。でも、店長のその強くて真剣な目線にわたしは、グルリと体をきつく、抱かれているような気持ちにもなっていた。

「母親になりたいと思うんだったら、まずは自分ひとりでも、本気で生きなさい」

「……本気、で？」

どういうことなのか知りたい、と強く思ったら口から言葉がこぼれていた。

「キャリアをもてとか、そういうことじゃないの。本気で仕事する姿勢があれば、バイトでだって食べていける。私だってバイトからこの仕事を始めて、店長になったんだから。

過去のキャリアなんて、長いブランクを開けてシングルマザーになった私の転職には、なんの役にも立たなかったわよ。それが現実。

でもね、今こうしてふたりの娘と3人で生きていくことができているのも、事実なの。それも、すごくいい子に育ってくれている」

「……娘さんは、今、いくつなんですか？」

そんなことをわたしがうっかり聞けるくらい、子供のことを語り始めた店長は、優しいお母さんの目をしていた。

「上の子が小学1年生で、下の子が幼稚園の年長さん」

うちと同じ年子の姉妹なんだ、とわたしが思っていると、

「上のお姉ちゃんが妹の世話をよくしてくれているから、私が仕事で家にいない夜の時間、本当にたすかってる。ふたりでいるから寂しくないんだって」

ふたりでいるから寂しくないよ。

わたしはいつも、両親がいない家の中で、窓の外に広がる真っ暗な夜の闇《やみ》に呑み込まれそうになるたびに、わざと明るくそう言っては幼いマミをあやしていたことを思い出した。

わたしがずっと疑問に思っていたことの、答えが見えた。わたしとマミは同じように母親がほとんどいない環境の中で育ったのに、マミだけはどうしてママのキャリアを憎むことなく、むしろ憧れることができるのか。

それはきっと、マミにはわたしが、いたからだ。

「でも、その分、お姉ちゃんには寂しい想いをさせてしまっているんだけどね」

ママにも、それを分かっていてほしかった。

そう思ったら、わたしはまるで子供に戻ったかのように、大きな声をあげてワンワン泣いてしまった。両手で顔を覆っても、記憶の中の寂しさから込み上げてくる涙と、あの頃ぐっとこらえていた泣き声を、今のわたしは、抑えることができなかった。

どうにも泣きやめなくなってしまった自分に焦りを感じた瞬間、息を吸い込むタイミングを逃してしまい、息ができなくなった。わたしはあまりの苦しさにゲホゲホと咳込《せきこ》んだ。

店長が引いてくれた椅子《いす》に腰かけ、冷蔵庫から出してくれたミネラルウォーターをひと口飲む

と、やっと呼吸が落ち着いた。

「970円」

店長はそう言ってわたしの前に手のひらを出した。それが妊娠検査薬の値段だということはすぐに分かったけれど、それで許してもらいたいとはもう思えなかった。わたしはきちんと、責任を取るべきなんだ。

わたしは首を横に振った。

「……警察に、電話してください」

自分に対してそんな風に厳しくなれたのは初めてだった。これまではいつも逃げて、逃げて、逃げ続けてばかりきたから、もうやめにしたいと思った。今回きちんと自分の罪と向き合うことで、人生に対して本気になれるような気がした。

「なにが佐藤さんにとって一番効くのか、いろいろ考えた結果、通報はしない。ただ、それにはひとつ条件がある」

わたしはまっすぐ、店長の目を見つめた。

「明日から、人間が変わったかのように、真面目に仕事をしなさい。バイトだからってナメないで、本気で取り組みなさい」

「はい」

深く頷《うなず》き、まばたきをしたら、頬にこぼれた涙が熱かった。

「自分が求めてるしあわせが、あっちから勝手にやってくるってことなんか絶対にないの。経験者は語るってやつよ。テキトウに生きてたんじゃ、仕事も恋愛もうまくいきっこないし、子供に関してはね、もうここに一番ボロが出る。

あなたの恋愛事情はまったく知らないけど、仕事態度を見ている限り、まだまだ恋愛に本気になれるようには思えないな。だからお母さんになるのだって、まだまだ全然早いって思うわ。それはもうすべて、リンクしているものだから」

ロッカーを開き、中から財布を取り出して千円札を店長に渡しているあいだもずっと、店長の言った言葉を何度も頭の中で繰り返して、わたしは考えた。

そして、レジまでわざわざおつりを取りにいってくれた店長から小銭を受け取ると、わたしは彼女をまっすぐに見て、自分の思ったことを口にした。

「これまで真面目に仕事をしていなかったことは本当に、本当に反省します。でも…」

生意気に聞こえるかもしれない、と一度口をつぐんだけど、やっぱりこれだけは、どうしても言葉にしておきたかった。

「彼との恋愛に関しては、そこだけに関しては、わたし、ものすごく、ものすごく本気なんです」

あら、そうなの、とアッサリ答えた店長の目には、その口調とは裏腹に、わたしへの優しさであふれていた。ホッとした途端、体の力が抜けていき、急にわたしは眠たくなった。今まで私がママに対して求め続けてきた温かさが、そこにあったから。

「岡崎さん……」

わたしは店長を名前で呼んだ。どうしても伝えたかったありがとうは、声にもならなかったけれど、岡崎さんは、いいのよ、とでも言うように笑顔を横に振ってくれた。

コウちゃんのことだけを考えることができるこの時間を、あれほど楽しみにしていたのに、買い物カゴの中に次々と食材を入れてゆくわたしの頭の中は、自分のことでいっぱいだった。

真面目に仕事をするという岡崎さんとの約束を、守りたい、とわたしは強く思っていた。わたしにチャンスをくれた岡崎さんを、ガッカリさせるようなことはしたくない。そのためにはまず、彼女にそう言われたからではなくて、自分から本当に真剣に仕事をしたいと思わなければいけないと思った。

これまでバイト、大学や仕事に出かけていってしまうコウちゃんと、また会えるまでの時間潰しのようなものでしかなかった。ラクそうなバイトを選んでとりあえず週3、4日働けば、ひと月の料理の材料費に当てる分のお金がもらえたし。岡崎さんの言葉通り、わたしはバイトをナメていた。

マミは「ただのバイトじゃん」って笑っていたけど、バイトとは呼べないような仕事をする気なんて、わたしにはさらさらなかったんだ。だってわたしは、わたしからママを取り上げた〝仕事〟というものを、これまでずっと恨んできたんだもん。

なぁんて、そんな心の傷さえ言い訳に、わたしはラクな道ラクな道へと逃げてきた。ただのバイトだから、イヤなことがあれば、すぐ辞めて。イヤなことがないバイトなんてないから、いつも半年と続かなくって。次のバイトを探さなくちゃいけないことが何よりも苦痛で、そのたびにわたしは、そんなラクな道からさえも逃げ出したくって、焦っていた。

コウちゃんと結婚できれば、バイトなんかしないですむ。赤ちゃんができれば、結婚できる。そしたらわたしは、他の誰にも会うことなく、赤ちゃんとコウちゃんだけがいる安全な部屋の中に、ずっといられるんだ。神さま、お願い。コウちゃん、早く。そう思ってわたしはいつも、心をキリキリさせている。

それはまるで、デジャブだった。コウちゃんと両想いになったら、大学もやめて、家も出たい。そう思っていたわたしは実際に、コウちゃんのアパートに転がり込むと同時にすべてから逃げ出した。その時に、やっと解放されたと思っていた種類の焦りが、今もわたしにイヤな汗をかかせて続けている。

自分でさえ好きになれない、そんなわたしから、逃げないでくれたコウちゃんを救世主と呼んで、あくまで他力本願なしあわせを、夢という言葉でごまかして、自分に都合のよいお願いごとをするためだけに、わたしは神さまを信じてきた。

そんなんじゃ、神さまがわたしに、微笑んでくれるはずがない。分かってはいたけれど、でも、神さまはわたしに、そろそろ微笑まなきゃいけない義務があるとも思っていた。だって、これまでわたしをイジメ続けたわたしの人生が、全部わたしのせいだったとはやっぱり思えないからだ。ただ、それが全部、ママやマミや、カスミやユカのせいでもないことを、わたしは認めなくてはいけないのかもしれない。

「本気で生きなさい」と岡崎さんはわたしに言った。その言葉の意味をハッキリと理解するには時間がかかりそうだけど、バイトに対して本気になることがまず、そこへとつながっていってくれるような気がする。

逃げ出したって同じことの繰り返しだということを身をもって感じている今、目の前にあることと向き合うことを、始めてみようと思う。

「2340円になります」

レジの向こうには、さっきまでのわたしのようなバイトの女の子が立っていて、わたしがお金を出すのを待っていた。彼女の怒ったような口調に、「あ、すみません」と焦ってバッグから財布を取り出しながら、どうしてお客さんであるわたしが謝らなきゃいけないんだろうとイヤな気持ちになった。

千円札を3枚、慌ててトレーの上にのせながら彼女に目を向けると、ビニール袋を2枚、カゴの上にバサバサと投げ込むように入れていた。ありえない、と一瞬怒りを覚えたけれど、今日のわたしも、お客さんにはこんな風に映っていたんだと思ったら、自分がとても情けなかった。明日から頑張ろうという気持ちで膨らんでいた胸から、スーッと自信が抜けてゆくのを感じながら、わたしはレジから離れ、カゴの中の食材をひとつずつビニール袋の中へと移していった。

空になったカゴを棚に戻そうとした瞬間、あ、と思ったわたしは目線を袋の上で止めた。重たいものから軽いものへと順序よく積み重ねられた食材の一番上に、そっと置くようにして入れた卵のパックは、昨日の夜、チラシを見て値段をチェックしておいたものだった。いつもは手を出せずにいる高級な卵が、記念日の今日たまたま安く売り出される偶然に、わたしは昨日ひとりで感激していたのだった。

考え事をしていたにもかかわらず、ほとんど無意識の中でもわたしはきちんと、それを選んで買っていた。これは、2年間の生活の中で、自然とわたしに身についていたものだった。

毎朝細かく刻んでスープに入れて、コウちゃんにこっそり食べさせているセロリも、ネギと並んでいつものように袋からニョキッと突き出ていた。

わたしにはそれが、コウちゃんとの恋愛に、わたしが本気だという何よりの証拠に思えた。嬉《うれ》しくなった。わたしがそれを口にした時に、岡崎さんが見せた、はにかんだような優しい表情を思い出した。

胸が熱くなった。そしたら急に、わたしはママに会いたくなった。

ふたつのビニール袋をまとめて左腕にかけると、わたしは店の中へと急いで戻った。雑誌が置いてある棚の一番前に並んでいたママの雑誌を手に取って、あの不機嫌な女の子がいるレジへと向かった。

スーパーを出ると、アスファルトが真っ黒に濡れていた。買い物をしているあいだにまた、スコールのような雨が降ったようだった。でももうすっかり空は晴れていて、真っ白な雲を見上げた先にうっすらと、虹《にじ》ができていた。

3つになったビニール袋を両腕にズシリと食い込ませながらも、わたしは思わず走り出していた。

自分の願望を押しつけるようにコウちゃんに多くを望みすぎてしまう自分がとても汚く思えて悲しかったのだけど、わたしのコウちゃんを好きな気持ちが、心の最もキレイなところからきているのも本当だ。

ウソじゃない。節約しながら、健康的で美味《おい》しいお料理を作ってコウちゃんに食べさせたいと思う、この気持ちに、裏はない。コウちゃんが毎日元気で、綺麗に洗濯された服を着て、笑っている姿を見ると、わたしは何より安心する。まるで、コウちゃんのお母さんにでもなったかのように、わたしのその想いは、無償のもの。

そこには見返りなんて、本当に期待していないんだ。

ソファに置きっぱなしていたバッグから携帯を取り出すと、もうとっくに20時を過ぎていた。コウちゃんからの不在着信。画面に浮かんだその1行を目にしただけで浮かれ出す心をくすぐったく思いながら、わたしは電話を折り返した。が、すぐに留守番電話に切りかわってしまった。

この時間に電波が届かないということは、コウちゃんはまだ地下鉄に乗っているのだろう。ということは、コウちゃんが帰ってくるまでにはあと最低でも30分はかかる。早くコウちゃんに喜んでもらいたい気持ちが先走り、お料理をお皿に盛りつけてしまったことをひどく後悔した。

デートのためにキレイにお化粧した顔が雨に濡れてしまった時のような気持ちで、わたしはお皿にラップをかけた。ため息をこぼしながら、トイレにでも行こうとキッチンを出ると、足にスーパーのビニール袋がひっかかった。目線を落とすと、ママの雑誌の表紙を飾るモデルの女の子と目が合った。雑誌を手に取って顔をあげると、ソファの上のバッグからはみ出した、妊娠検査薬が見えた。

あのお母さんは今頃、赤ちゃんを寝かしつけているのだろうか。岡崎さんは、娘さんたちにご飯を食べさせているかもしれない。わたしのママは、今も仕事をしているだろう。わたしはどうして、盗んだりしてしまったんだろう。こんなんじゃ、わたしはお母さんになるにはほど遠い。わたしは、店でポケットに入れた時と同じような素早さで検査薬の箱をつかみ、トイレへと駆け込んだ。

生理前に使っても意味がないことは分かっていたけれど、わたしは早くこれを捨ててしまいたかった。サッと尿をかけてから床に置き、わたしはトイレに座ったまま、一番後ろのページから雑誌を開いた。

白人の華奢《きゃしゃ》な女の人が真っ白なスリップドレス一枚を着てこっちを睨みつけているモノトーンのシャネル広告の後に、ランコムの高級そうな美容液の広告がきて、星占いのページがあった。そして、ショップリストがズラッと掲載されている一番下に、ママのコラムが載っていた。

〈編集後記〉　編集長・・佐藤英里

2012・S/Sのファッションテーマを一言で表すならば、ストロングウーマン。トップデザイナーたちの今季のコレクションには、シンプルでありながらもエッジの効いた、露出度の高いデザインが目立ちます。

まるで、女という性のありのままの姿――強さ――をもう1枚、女の肌に重ねてまとうような……。今回撮影に立ち会う中で、洋服を着ているからこその〝ハダカ〟のエネルギーを、強烈に感じました。

これは〝セクシー〟とは別物です。もっともっと動物的で、いわば女の本能のような力強さ。その裏側に男の影がまったく見えない、男不在の空間における女の姿とでもいいましょうか。〝セクシー〟が思わせるものがセックスなら、〝ハダカ〟が私に思い出させたのは、出産でした。

女がいままで社会の中でしいたげられてきた、男尊女卑の歴史に対する恨みを自ら背負い込むように、育児よりも仕事を最優先にしてきた私は、こう思ったのです。なるほど、私の娘たちの時代は、こう変わってゆくのか、と。母性から必死になって逃げてきた母親の背中を見てきた私の娘たちは今、何を、思っているのだろうか、と。

女の強さの、原点回帰。男との恋愛や、男と張り合うキャリアに注がれる女の強さも、男不在の空間で放たれる、その圧倒的なパワーには敵《かな》いません。

ハダカ。それは、母性。一見〝母〟というイメージからは最もかけ離れているように見える最新モードの洋服たちが、今、私に、私の娘たちに、女の本能の尊さを問いかけているように思えてなりません。

子供たちと共に、母親がどんどん少なくなってゆく、今の時代に……。

文章のすぐ裏側に、ママは立っていた。わたしは雑誌をギュッと、腕の中に抱いていた。もう何年もまともに会話をしていないママが、わたしに語りかけるために書いてくれた言葉のように思えてならなかった。

たぶん、そうなんだと思う。だってわたしは今日、ママの雑誌を生まれて初めて買ったのだから。きっと、神さまが、届けてくれたものなんだ。そして、フシギ。いつものママをわたしに思い出させたこの文章はわたしに、わたしの知らないママの姿を想像させてくれた。

ママも、ひとりの女の子だったんだ。ママはわたしが生まれた時からわたしのママだったから、そんな風に考えたことは今まで一度もなかったけれど、ママだってわたしと同じただの女の子で、ある日わたしが生まれたことで突然ママになって、それからいろいろ葛藤《かっとう》しながら、ママはママなりに一所懸命頑張ってきたのだ。

そう思ったら、子供の頃からチクリと刺さったままだった小さなトゲが、スッと胸から抜け落ちたように、わたしは何かから大きく解放された。

もう一度ママの言葉を読もうと雑誌を胸から離すと、部屋から携帯の着信音が響き出した。

「もしもし⁉」

片手でパンツをあげながらソファまで走っていったわたしは、携帯に飛びついた。

「コウちゃん、もう駅?」

息が荒くなっているわたしの声の奥が、ガヤガヤしている。

「あー、エミリ?」

その大きな声から、コウちゃんが片耳をふさぎながら電話をしている姿が目に浮かんだ。

「あれ、留守電聞いてない?」

嫌な、予感がした。

「一応入れといたんだけど、俺《おれ》、ごめん今朝言うの忘れたんだけど、今日送別会なんだ！」

「……あ、そうなんだ」

もうすでに飲んでいる様子のコウちゃんの後ろの騒音で、わたしの小さな声はかき消された。

「あー、うるさくてよく聞こえねーわ。飯、ごめんね！　帰ったら食べるから！　とにかく終電では帰るから！」

電話が切れると、部屋のあまりの静けさに、キーンと小さく耳鳴りがした。

コウちゃんはいつも、留守電を入れたりしない。わたしが昼間にごちそうを作るってメールを入れたから、直接言うのが気まずくてそうしたのだ。

わたしはキッチンへ行き、ラップをかけたまま置いておいたハンバーグのお皿を入れるために冷蔵庫を開けた。銀色のボールが目に入るなり、中のホイップされた生クリームをぜんぶ舐《な》めてしまいたい衝動を押し殺し、わたしは扉をパタンと閉じた。自動ミキサーがないから手で、一生懸命生クリームを泡立てていた数時間前の自分のワクワクした気持ちが、空《むな》しかった。

ほとんど泣きそうな気持ちでソファに腰掛けて、テレビをつけた。芸人の一発ギャグにタレントたちが笑っているのを、わたしはぼんやりと眺めていた。無音の中にいるよりは、少しはましだった。芸人が相方に頭を思いっきり叩《たた》かれているのを見ながら、わたしは耳たぶの上の小さなパールに指で触れた。

コウちゃんは、わたしたちの2年記念日を、忘れていた。2年前の今日、コウちゃんがわたしにしてくれた約束も、いっそのこと忘れてくれたらいいのに。卑屈になっているわけではなく、わたしは心からそう思った。

わたしから、逃げない、という約束。あの日わたしは、なんて意味のないことをコウちゃんに約束させてしまったんだろう。わたしが欲しいのは、その対極にあるものなのに。約束って、なんなんだろう。

いつだってわたしは、約束を欲しがるけれど、本当に欲しいのは、約束を必要としないものなんだ。

わたしはソファに寝ころんで、目を閉じた。指先でパールをなでながら、「好き」と3回、心の中でつぶやいた。わたしは約束なんかしなくても、コウちゃんのそばを離れたりはしないもの。だって、好きだから、一緒にいたい。

うっすらと目を開けると、テレビとシングルベッドのあいだにローテーブルがあるだけの小さな部屋で、視界がいっぱいになった。ここでコウちゃんと2年間も一緒に生活してきたと思うと、悲しみを心に引きずりながらも頬がひとりでに、にやけてしまった。

好きな人と暮らす部屋は、小さければ小さいほどいい。何をしていても、近くにいられるから。

カチャカチャ、とドアの向こうで鍵《かぎ》のような音がして、わたしは目を開けた。いつの間にか、眠ってしまったようだった。わたしはソファから飛び起きて、乱れた髪を手ぐしで整えながら、玄関へと急いだ。

カチャリ。数時間前にわたしが内側からかけた鍵が、外側から外される音がして、わたしの目の前でゆっくりと、ドアが押し開けられた。
おかえりって、手を伸ばして、ドアを一気に開くと、
ただいまって、言ってコウちゃんが、わたしに笑う。
いつものわたしたちのやりとりが、今日のわたしの目にはまるでスローモーションのように映っていた。今日という一日を、この瞬間のためだけに生きてきたような、そんな達成感に体がすっぽりと包まれた。
記念日を忘れられたことなんて、そんな小さなことはもうどうでもよくなった。わたしはただ、コウちゃんがわたしに会うために、今日もここに帰ってきてくれたことがどうしようもなく嬉しかった。
逃げるとか、逃げないなんて言葉を、今のわたしはもう使ったりしない。だって、
おかえりなさいってもう一度言ったわたしの
頬に、チュッて、キスをした、コウちゃんが、
ねぇフロ一緒入る？　って、わたしに聞くの。
わたしがずっと欲しがってきたものは、今もうすでに、この空間の中に流れている。それを手で

つかんで、約束という箱の中に入れて、鍵をかけてしまっておこうとしても、ムリなんだ。だってこれは、わたしとコウちゃんの関係の中に流れる、空気なのだから。2年経った今日、やっと、わたしはそのことに気がついた。

世の中から隠れるようにして、わたしはこの小さな部屋の中で、大好きなコウちゃんとふたりっきりで暮らしてきた。自分の手でこの世界を密封することで、わたしはこの空気の香りに気づけなくなってしまっていたのかもしれない。

世の中に対して、少し窓を開けてみようと思った途端に、それはわたしの鼻のすぐ先で、ふんわりと甘く、香り始めた。

お風呂場《ふろば》に入ってゆく、コウちゃんの白いワイシャツを着た背中を見つめながら、わたしはいつもの癖で、神さま、って心の中でつぶやいた。コウちゃんとのこんな日々が永遠に続くことを神さまに約束してもらおうとしていた、相変わらずな自分に、わたしはちょっぴり笑ってしまった。

「エミリ、タオルはー?」

一緒に入ろうと言っておきながら、お風呂場ですでに自分だけハダカになっているコウちゃんにバスタオルを渡しながら、わたしは心の中で、ママを呼んだ。

ねぇ、ママ。

いつか、この人の子を産んで、

わたしもいつか、ママになりたい。

Scene 11 ----------→ 孝太

こんなにも女々しい俺に、

こんな男らしい台詞を、

言わせてくれる。

そんな君に、本当は俺が、

守られているのかもしれない。

雨にズブ濡《ぬ》れてしまったスーツのジャケットを脱ぐと、下のワイシャツは自分の汗でびしょびしょに濡れていた。俺《おれ》は資料でパンパンになったカバンの中から、なんとかハンカチを探し出して、額からポタポタと流れ落ちてくる汗だか雨だか分からない水滴を拭《ぬぐ》い去った。エレベーターのドアが開き、俺は会社のドアを開けた。

「只今《ただいま》、戻りましたーっ！」

俺が大声で言うと、

「おつかれさまでしたーっ！」

と、まるで条件反射のように、社内にいる約20人の声がピタリとそろって、社内に響く。営業に出る前の「いってまいりまーす！」「いってらっしゃーい！」もそうだけど、疲れて戻ってきた時のこれは、特に俺を心底うんざりさせる。

すぐにそれぞれのパソコンに向き直った同僚たちの背中と背中のあいだをすり抜けるようにして、俺は一番端にある自分のデスクに向かった。

途中で、学生時代にバイトをしていたカラオケ屋の控え室にあったのとまったく同じ、銀色の安っぽいラックから空のハンガーを取って、脇《わき》に抱えていたジャケットを広げた。ラックに戻して誰《だれ》かの上着を濡らしては大変だと思い、ラックのすぐ横にある小さな窓の枠にひっかけると、空の遠くに、虹《にじ》が見えた。

なんだよ。ついさっきまであんなに土砂降りだった雨がウソみたいにやんで、空はノンキに晴れ渡り、虹まで出してやがる。まだ4月だというのに真夏のように日が長い、この地球はもう、ドウかしちゃってるんだ。どうせならもう、明日くらいに、惑星ごと、すべてがプッツと消えてしまえばいい。

色みのないオフィスから見る、やけに鮮やかな7色の虹は、俺にそんなことを思わせた。頭皮から滑り落ちてきた汗が目の中に入ってきたので、額を手のひらで拭い、俺は窓に背を向けて、自分の席に腰掛けた。

デスクの上でパソコンを起動しているあいだ、俺は自分の席から一番遠い、部屋の対角線上にある社長席に視線を投げた。まだ18時過ぎだというのに、社長はもう帰ったようだった。

俺とそう年の変わらない、20代後半のＩＴベンチャー社長。ＩＴベンチャーといえば聞こえはいいが、ここは奴《やつ》が、大学時代に仲間とノリでつくったという、サークルみてぇな小さな会社だ。主な業務内容は、ウェブサイトの制作とサイトの運営代行サービスだ。築年数のいった汚い雑居ビルの中にある、約20畳の狭っ苦しいオフィスの中で、社員8人とバイト10人が、日々ちまちまと、サイトの制作と運営にいそしんでいる。

俺は、去年入社した一番下っ端の社員で、営業担当。やっと1周回って4月が来て、新人が入ってくるかと思いきや、今年はひとりも社員を募集しなかったらしい。去年も、新卒で入ったのは俺ひとりだった。

大丈夫なのかよ、このクソ会社。

1年前、入社したての俺は、あらゆる場面でそう思っては音を殺して舌打ちしてきたが、1年経った今ではこの俺が、会社の経営状態が悪いことを営業の先輩に怒鳴られる立場にいた。ここ最近、俺は営業成果をまったく出せていない。新規契約、ゼロの月が続いている。

中小企業の代表番号がズラッと載った分厚いリストの中から片っ端に電話をかけて、アポを取り、なんらかの契約を取るために毎日いろんな会社や店へと営業にかけずり回っている。とはいえ、アポを取ること自体が難しいのが現状で、飛び込みで営業に行くことのほうが遥《はる》かに多い。

相手にとって俺は、突然会社に入ってきた、招かれざる客だ。まずは不審がられ、俺が営業マンだということが分かった途端、相手にあからさまに邪険な態度を取られたりする。今日なんかは、まだ喋《しゃべ》っている俺の顔の前に手のひらを向けられ、まるで野良犬を振り払うかのような仕草で会社の外に追い出された。

イタリアンレストランのオーナーだかなんだか知らんが、太り気味な中年男の、Tシャツが今にもはち切れそうな背中に向かって、「御社の今のサイトを、うちならもっと安く、良くできます！」と叫んだ俺は、なんて、惨めな男なんだろう。

何度味わっても、決して慣れることができないあの悔しさを、思い出すだけで俺は、頭を掻《か》きむしりたくなる。俺は、奥歯をグッと噛《か》みしめた。そうでもしていないと、カチャカチャカチャカチャと約40の手がひたすらキーボードを叩《たた》く音だけが不気味に響き渡っているこの空間の中で、大声をあげて叫んでしまいそうになる。

自分の扱う商品を、まずは自分が心から良いと思わなければ、どんなに頑張って営業したって結果はでない、と先輩は俺に言ったけど、うちが制作しているサイトはどれも、デザイナーとは名ばかりの素人バイトがマニュアル通りのフォーマットでつくっているだけのもの。安さが最大の取り柄ってどうなんだろうって、俺はどうしても思ってしまう。だってそれって、顔も性格も対して良くないから、軽さで男を引こうとしている、安っちい女みてぇだ。

とっくに起動しているパソコンにパスワードを入れて、俺はタスクシートを開いた。ここに毎日、どんな仕事をしたのかを具体的な一日の行動スケジュールと共に書き込まなくてはいけない。その下には、本日の反省点／明日への課題という欄がある。一日の終わりに今日もまた、昨日とまったく同じような内容を、俺はぐったりした気持ちで打ち込んだ。今日も契約は取れなかったけど一応努力はしています明日はもっと頑張ります、という、我ながらどうしようもない、言い訳のような、小学生並みの文章だ。

大学まで出て社会人になったというのに、ここは毎日連絡帳をつけなければならない小学校のようで、俺はまるでその中にいる、出来損ないの生徒みたいだ。

タスクシートを開くたびに、気が、滅《め》入《い》る。書き込むたびに、胃が、キリキリする。

これだけのストレスを抱え、毎日汗だくになって営業に走り回っても、月給はいろいろ引かれて手取りで約、17万。まったく割に合わないが、契約を取れていないのだから、俺は給料泥棒だ、とつい先週社長に怒鳴られたばかりだ。

この会社にエントリーシートを送ったのは俺だけだったんじゃないかと、たまに本気で思ってしまうが、俺を採用してくれたのもまた、この会社だけだった。小学校から大学まで、ただなんとなくやり過ごしてきたツケが今、俺に回ってきているのだと思う。

ただ、世の中はやはり、ものすごく不公平だ。同じように授業をサボり、同じようにバイトして学生時代を共に過ごしてきたシゲは今、親のコネでサクッと入った大手企業に勤めていて、給料だって、俺の倍はもらっている。入社したばかりの頃は、仕事帰りに落ち合って一緒に飲んだりもしたが、会うたびに卑屈になっていく自分が嫌で、もう連絡すら取っていない。

会社と家との往復だけで過ぎてゆく日々の中で、俺の世界の中にはもう、エミリしかいないような気がたまにする。それを感じるたびに、その窮屈さに俺は、どうしようもなく煮詰まってしまうことがある。

ワイシャツの汗がエアコンの冷たい風に冷やされて乾き始めてきた頃、俺は朝からまだ何も口にしていなかったことに気がついて、カバンの中から、コンビニの袋を取り出した。エミリが作ってくれた弁当が引き出しの中に入っているけど、暑さで食欲を失っていることもあって、今食べる気にはなれなかった。でも、家に帰るまでには食べなければ……。

すでにぬるくなっていたウィダーインゼリーを喉《のど》に流し込みながら、もう片方の手で携帯を開くと、エミリから、今日の夕食についてのメールが届いていた。

まだ弁当も食べていないのに、帰ったらチーズハンバーグまで食べなければならないと思っただけで、さっきまでキリキリと痛んでいた胃が、今度は急にズシリと重たくなった。どう返信しようか迷っていると、パソコンからピコンッと軽い音がして、向かいの席の鈴木さんからスカイプでメッセージが届いていた。

「おつかれさま！　俺、今日まだ何も食ってないんだー。昼、社長がやけにピリピリしててさ、外出れない雰囲気だったよ」

鈴木さんは30代後半で、サイト制作を担当しているアルバイトだ。たまにこうして、仕事中にスカイプでやりとりしている。たったそれだけの仲だけど、社内にいるだけで息が詰まってしまう今の俺にとって、鈴木さんの存在は大きい。彼という気軽に話せる人間が社内にいてくれることに救われて、なんとかまだ辞めずに済んでいるっていっても、過言じゃない。

「弁当あるんで食べますか?」

そう打ち返すとすぐに笑顔になった鈴木さんに、俺はパソコンの脇から手を伸ばし、エミリの弁当を差し出した。

ピコンッとすぐに、パソコンの画面上に鈴木さんから礼の言葉が浮かび上がり、俺はそれに短く返信した。目の前にいるのだから、これくらい喋ったっていいじゃないかと思うけど、社内は私語厳禁で、ここにいる奴らはアホみたいにみんなでそれを守っている。ここは、社長が右を向けといったら、何も考えずに黙って右を向くような人間だけが、使いやすいという理由で雇われているような会社なのだ。

俺だって所詮《しょせん》、社長の飼い犬だ。先週、契約が取れない俺に対して社長が「やれ」と命令した、やりたくもない新しい営業企画を進めるために、重い腰を上げて机の一番下の引き出しを開ける。10冊近くある女性誌の中から、一番上にあった分厚いファッション誌を手に取って、ページをパラパラとめくってみる。

「桐野くんさぁ」。わざとらしく眉《まゆ》をしかめながら、とても困ったような声で俺の名を呼んだ社長の姿が、脳裏に浮かび上がってくる。

「読者モデルとかギャルサークルの代表の女の子とかさぁ、その辺の子たちみんな、自分のサイト持ってるんだからさぁ、そこ狙《ねら》ってけよ。雑誌みりゃ大学名とかも載ってんだからさぁ、会いに行って営業してこいって。つーか、アレだぞ、本当はなぁ、そういうの俺に提案される前に、自分の頭使って新規を開拓すんのがお前の仕事なんだからな」

そう言った社長の、いちいち人をバカにしたように語尾を伸ばす、かったるそうな喋り方も、耳にこびりついていて頭から離れない。

「桐野くん、見てくれいいんだし、得意っしょ？　学生時代もキャッチやってたって言ってなかったっけ？」

社長がやれと言っていることは、俺が学生時代に、カラオケ安くするから来れば、と道ゆく女の子たちに適当に声をかけていたのとは訳が違う。あれはただのバイトで、俺には大学生という肩書きがあった。ＩＴ企業の営業担当、というもっともらしい名刺を手渡しながら、うちのサイト安いですよ契約しませんかお願いしますよ、と必死になって読者モデルたちを追っかけ回すなんて、どんだけカッコ悪いんだ。

そんな俺の胸の葛藤《かっとう》も知らず、雑誌の中の女子大生たちは、茶色い髪を巻いたり伸ばしたりアップにしたり、白い歯を見せて笑ったり唇をとがらせたり目を見開いて驚いた顔をしてみたりしている。アホみたいに、可愛《かわい》いじゃねぇか……。

社長やらオーナーやらのおっさんに頭を下げることだってストレスなのに、こんな同世代のイケてる女の子たちに見下されながら、へこへこ営業して回らなきゃならないなんて、想像しただけで胃に、穴が開きそうだ。

　俺は、まだ残っている後ろのページを指先でサーッと滑らせて分厚い雑誌をバタンと閉じた。が、すぐにもう一度、俺は慌てて後ろからページをさかのぼった。見覚えのある顔を、この中に見た気がしたのだ。

　長かった髪が短いショートカットになっていたけど、すぐに分かった。２年ぶりに俺の目に映った彩は、雑誌に写真が載るようなスタイリストになっていた。彩のお気に入りのアイテムとして紹介されている洋服や靴は、俺が一度も見たことがないものばかりだった。そして、さっきの読者モデルたちがどんなにオシャレのカリスマを気取っても所詮は素人だということを、その小さな丸い顔写真１枚で思い知らせてしまうほど、彩はこの２年でさらに、抜群にあか抜けていた。

　カチャカチャカチャカチャと、社員がキーボードを打ちつける音がする。ビルの目の前を通る大きな国道から、複数の車のクラクション音がこだましている。俺は、雑誌を閉じる前にもう一度、彩を見た。今、俺がいる場所から一番遠いところに、彩はいるんだと思った。ショートカットの黒髪にピンク色の唇をした彩は、まだ俺が制服を着ていた頃から長いあいだ、俺の隣で俺に腕をからませていた女にはもう、見えなかった。

　彩の成功を喜ぶ隙間《すきま》などないくらい、俺の心は寂しさと切なさで、いっぱいに膨れ上がってしまった。彩に対して未練がある、とかそういうのとはまた違う感情だった。

　彩が恋しいわけじゃない。ただ、ふたりで手をつないで歩いていた頃の彩と自分には、もう死んでも会うことがないという事実が、死ぬほど寂しいだけだった。

俺は、引き出しの中に雑誌を戻し、携帯を手に取った。メモリーの中に彩を探すと、すぐに見つかった。でも、俺の手の中にあるこの昔からの彩の連絡先が、今の彼女につながるものだとはもう到底思えなかった。

だから、かもしれない。ずっと彩に伝えたいと思っていた言葉を、親指がスラスラと打っていった。そして指は最後に、送信ボタンをポンッと押した。俺は携帯を手に持ったまま、エラーメールの受信で携帯がブルッと短く震えるのを待った。が、メールは、届いてしまったようだった。

「今日、暇ですか？　飲みに行きませんか？」

彩にメールを送ってしまったことに動揺した俺は、スカイプで鈴木さんを誘い出していた。すると鈴木さんはパソコンの脇からすぐにひょっこりと顔を出して、俺に、いいよ、と笑顔を向けた。よかった。このまま帰ってエミリとチーズハンバーグを食べる気分には、なれなかった。

仕事終わりに同僚と飲みに行くのに、他の奴らにバレては気まずいから、とわざと時間をずらして会社を出なきゃいけないなんて、つくづく変な会社だと思う。社長が仕事中の私語を徹底的に禁止にしているもんだから、社員もバイトも皆、仲良くなることを禁じられているような空気の中にいるのだ。いや、実際に社長は、口には出さないだけでそれも禁じようとしているのだ。従業員同士がつるんで会社の愚痴を言い始めれば、それはウイルスのようにあっという間に社内全体に広がって、全体のモチベーションが下がることになる、と社長が言っていたことがあるのを俺は思い出した。

「おつかれさまでしたー」と、帰りの挨拶《あいさつ》をアホみたいに大声で叫んでから、鈴木さんよりもひと足先に会社を出た俺は、この会社のあまりのバカバカしさに、エレベーターの中で思わず噴き出してしまった。だって、これじゃまるで、俺と鈴木さんが社内不倫でもしている仲みたいじゃないか。

10分後に会社を出ると言っていた鈴木さんを居酒屋で待つあいだに、俺はエミリに一本電話を入れた。いつもならもう家に帰っている時間だった。俺が、1年ぶりくらいに、どうしても外で飲みたい気分になった今日にかぎって、なんでエミリはご馳走《ちそう》を作ると張り切っていたんだろう。エミリのことだから、もう作り終わって待っているかもしれないと思ったら、罪悪感に胸がどっと重くなった。と同時に、俺を料理で縛りつけようとするエミリにすこし、腹が立った。

エミリの携帯が珍しく留守番電話に切りかわったので、俺はちょっとホッとした思いでメッセージを吹き込んだ。送別会だと嘘《うそ》をついたのは、そういった社内行事以外では今まで一度も会社の人と飲みに行ったことがなかったから、正直に話すことで余計な心配をかけたくないと思ったからだ。

同僚と飲むと言ったくらいで、他の女と会っているかもしれないと疑われることはないと思う。でも、会社で何か嫌なことがあったのかもしれない、とは心配するかもしれない。俺にとっては、そっちのほうが、浮気を疑われるよりも遥かに嫌だった。

一歩家から出ればダサイことだらけの俺だけど、エミリの前だけでは、カッコつけていたかった。

「あ、これ、忘れないうちに……」

生で乾杯すると、最初のひと口を飲む前にジョッキを置いて、鈴木さんは椅子《いす》の下に置いたリュックの中をゴソゴソとやり始めた。彼が来るまでのあいだ、ずっとこの瞬間を待ちわびていた俺は、もう1秒も待てずに、ジョッキごとキンキンに冷えたビールを持ち上げ、乾ききっていた喉の奥にグビグビと流し込んだ。

はぁっ、美味《うま》いっ。

「美味かったよ。ありがとうね。これ彼女の手作りじゃないの？　よかったの？　俺が食っちゃって」

空になって軽くなった弁当箱を左手で受け取りながら、俺は右手に持った、まだ重く冷たいジョッキを、テーブルに置いた。唇についた泡を軽く手の甲で拭いながら「彼女にはナイショですけど、でも大丈夫です」と笑ってみせた俺に、「じゃあまた明日も、もし桐野くんがいらないならちょうだいよ！」と鈴木さんはシレッと言ってのけた。

エミリが作ってくれた弁当を差し出したのは自分だし、鈴木さんに悪気はないのかもしれないけど、彼のその言い方をひどく厚かましく感じた俺は、ちょっと嫌な気分になった。

「まぁ、彼女が毎朝早起きして一所懸命作ってくれてるんで、俺も一応、毎日ちゃんと食べてるんですよ。彼女、ちょっと今時珍しいくらい家庭的な子なんですよ。いつも俺のために料理作ってくれて……」

この場にはいないエミリに対してうっすらと芽生えた罪悪感から、俺は急に早口になってエミリを褒めていた。そんな俺を無視するかのように、勢いよくビールを飲み始めた鈴木さんに、俺はちょっと不信感を覚えた。ジョッキと口髭《くちひげ》の隙間から、ポタポタとビールが垂れて鈴木さんの紺色のポロシャツの襟《えり》に落ちていくのを眺めながら、この人を飲みに誘ったことを、早くも少し、後悔し始めていた。

しばらくして、空になったジョッキをドンッとテーブルに置き、ぐぅえっ、と大きなゲップをしたかと思ったら、鈴木さんは俺の言ったことなど何も聞こえていなかったかのように、「毎日弁当もらえたら昼飯代浮くな！　よし、桐野くん、明日も弁当よろしくっ！」と言ってガハハと笑った。

昔の俺だったら、ここでもう右手が出ていて、鈴木さんの胸ぐらをつかんでいたかもしれない。でも今は、その代わりに右の頬《ほお》が、ビクッと脈打つように引きつっていた。俺は、自分の客でもない、同じ会社のただのアルバイトのこのおっさんにまで気を遣って、こんなにも笑えない場面で、作り笑いをしようとしていたのだ。鈴木さんにもガッカリだけど、いつの間にか〝営業〟が体に染みついてしまっていた自分が悲しかった。

「俺のカミサンなんてなー、毎朝〝はい〟って五百円玉くれるだけだよ。タバコ買って、おしまいだよね。いい彼女じゃないかー」

さっきの乱暴な態度はなんだったんだろうと首をかしげてしまうくらい、鈴木さんはいつもの落ち着いたキャラに戻ってそう言った。俺は、そんな鈴木さん自身にも、彼が結婚していたという事実にも、同じくらい驚いてちょっと混乱してしまった。

「け、結婚、してたんですか？」

30代後半で、見た目も冴《さ》えないアルバイトの鈴木さんには彼女すらいないだろうと勝手に決めつけていた俺は、失礼かもしれないと思いながらも、聞かずにはいられなかった。

「もう18年になるよ。二十歳の夏に結婚したんだ。カミサンは10個上だから、三十路の夏だ。アハハハハ」

なんか、すべてが意外で、俺は何も言葉を返せなかった。鈴木さんは、「あっはいはいはいっ！」と、ちょうど席の隣を通りすがった店員を呼び止めて、まだ飲み終わっていない俺の分まで勝手に、生を追加で2杯注文した。そして、もともと切れ長の目をさらに細め、逆さまの三日月みたいなかたちにしてニッと笑うと、とても嬉《うれ》しそうな顔をして奥さんのことを話し始めた。

「カミサンさー、家事も仕事も苦手でね、今なんて金がないのに家で何もしないでプー太郎してるんだよ。俺はさー、あの職場にいると、気が滅入るだろ？　で、俺は心身ともにぐったり疲れて家に帰るわけだ。安アパートのドアを開けると、部屋は汚いし、飯もできてないし、風呂《ふろ》も沸いちゃーいないわな。アハハハハ」

ひとりで爆笑する鈴木さんのテンションについていけなくて、俺の頬はまたピクッとなった。鈴木さんには俺なんて見えていないようで、またひとりで嬉しそうな顔をしながら話を続けた。

「けど、カミサンがいてくれるから、俺はすごく嬉しいんだよ。ふたりで寝っ転がりながら、今日がどんな一日だったか話すんだ。お互い、特に話すようなことは何にも起こらない退屈な毎日だから、今日ガム踏んだとか、今日近所のダレダレにあったら変なパーマかけていて笑ったとか、そんな程度の話だよ。それでもね、カミサンのおかげで楽しいんだ、毎日が」

鈴木さんの話を聞きながら、俺はエミリのことを考えていた。分かる気がした。学生時代には感じたことがなかったけど、働くようになってから、帰る場所があるということに、俺自身も何度救われたか分からない。どんなに辛いことがあった日も、家のドアを開ければエミリがいて、外の誰かに苦しめられた一日分の心の疲れを、その優しさで包み込んでは癒してくれる。

「結婚が楽しいって言ってる男側の意見、俺、初めて聞いたかもしれません。なんか、いいですね。実は、俺の彼女、すごく結婚したがってるんですよ。俺には絶対に言わないけど、そういうの男はけっこう敏感に、感じるじゃないですか。

ま、俺の彼女の場合は分かりやすすぎるんですけどね。たとえば、携帯のアドレス帳に俺のこと旦那《だんな》さまって登録してて、それが俺にバレてないって思ってるみたいなんですけど、俺の携帯って、相手が俺をなんて名前で登録してるか、メールがくるたびに出てきちゃうんですね。

ぶっちゃけ最近は、それを見るたびに、うんざりっていうか、すごいプレッシャーを感じてたんですよ。なんか、重いなって。だって俺、まだ給料全然安いし、いつクビ切られるかも分かんない状態だし。家庭をもつ自信どころか、自分に対しての自信が全然もてないっていうか……」

今まで誰にも話したことがないような本音が、口からスラスラとこぼれてきた。同じ会社にいるから、仕事に関して変な見栄を張らずに済むということもあるけど、鈴木さんには、他人に心を開かせる何かが、あるのかもしれなかった。

俺に何か言おうとした鈴木さんをさえぎるように、右隣のテーブルに座る、新大学生と思われる団体客が突然ドッと盛り上がった。何がそんなにおもしろいのか、彼らはしばらくのあいだしつこいほどに笑い続け、俺たちはそのあいだずっと、互いに運ばれてきたビールを飲むなりタバコを吸うなりして、彼らの爆笑が収まるのを待つハメになった。

これだから、安いチェーン店の居酒屋はキライだ。なんで俺は、社会人にまでなったっつーのに、つい最近まで高校生だった奴らと同じレベルの店でしか飲めねーんだ。イライラを抑えきれずに隣席をあからさまに睨《にら》みつけると、やっと自分たちが周りに注目されているのではなく、ひんしゅくを買っているという大きな違いに気づいたらしく、奴らは少しずつ静かになっていった。

すると突然、

「貧乏でも大丈夫!! 彼女にプロポーズしてあげなさいっ!!」

今、俺が黙らせたばっかの奴らにも聞かせようとしているとしか思えないほど大きな声で、鈴木さんが叫んだのだ。

隣の席から、噛み殺しきれていない笑い声がクスクスと漏れてきた。俺は、また、鈴木さんを見失った。彼のほうに身を乗り出して、「なんなんすか、いきなり……。ちょっと、やめてくださいよ、本当に! 恥ずかしいじゃないですか、なんなんすか、本当に!」と、小さな声で、でも強い口調で彼を責めた。

「……」

あれ。この、ほとんど正方形の小さなテーブルを1個挟んだだけのこの至近距離にいながら、鈴木さんには俺の言ったことが、何も、聞こえていないようだった。

驚きを隠せない表情のまま、思わず鈴木さんを見上げてしまった俺に対して、鈴木さんは、表情ひとつ変えることなく、「あー、ごめんごめん」と明るく言った。

「俺ね、左耳、まったく聴こえないんだよ。右もね、最近調子悪くって」

1年ものあいだ、あの狭いオフィスの中で机をピッタリとくっつけて、毎日向き合って座っていたというのに、俺はそのことにまったく気がつかなかった。

「あと数年で、右もダメになるかもしれないんだ。あー、そんな顔するなよ。俺は、強がってるわけじゃなくて、本当に別に、平気なんだよな」

アハハと笑いながらタバコに火をつけた鈴木さんに、俺は聞いた。

「奥さんが、いるからですか?」

鈴木さんは、「そう」と言って、口から煙をふぅっと吐き出した。口髭についていたビールの水滴が、まただらしなくダランと、ポロシャツの襟に落ちたのが見えた。

それも、彼の奥さんからすると愛《いと》おしかったりするんだろうかと思ったら、急に涙が込み上げてきて、俺はとっさに身構えた。

「そんな怖い顔してないで、今日にでもプロポーズしてみたらどうよ。明日になってやっぱり違うと思ったら、エイプリルフールってことで帳消しにすりゃいいんだ、ガハハハハ」

鈴木さんはそう言ってまたひとりで笑って、俺のビールジョッキに手を伸ばし、悪びれる様子もなくそのまま一気に、飲み干した。

左耳が聴こえない、と聞く直前まで抱いていた彼に対する嫌悪感が消え、代わりに胸に湧《わ》き上がってきた同情心を、俺はどうしていいのか分からずに困ってしまった。何も知らずに責めたような口をきいて、悪かったと思った。でも、謝るのもまた、失礼かもしれない。フツウに接するのが一番なのかもしれないけど、こんなにも動揺しているのにわざと平然を装うっていうのもまた、おかしいと思った。

考えれば考えるほど、どう反応すべきなのかがまったく分からなくなって、固まってしまった俺に、「そんな顔すんなって」と鈴木さんは笑ったけど、俺は今、自分がどんな顔をしているのかも分からなかった。

彼を気遣うべきは俺だったのかもしれないのに、黙り込んでしまった俺に気を遣うようにして、鈴木さんは目尻《めじり》に深く、優しげなシワを刻んでみせた。そして、テーブルの脇に立てかけてあったメニューを抜き取ると「なぁ、なんか飯も頼んでいいか?」となぜか俺にことわった。

あぁ、そういうことか。思わずブッと噴き出した俺に視線もくれず、鈴木さんはメニューを握りしめた手を軽く持ち上げ、店員を呼んだ。やっぱり、こいつ、図々しい。年下だから、と俺に対してタメ口なのに、社員だから、と俺におごってもらおうとしている鈴木さんに、俺は笑ってしまった。

明太子マヨネーズ入りのはんぺんに、お好み焼き、とろろのかかった厚焼き玉子に、刺身の盛り合わせ……。汗をかいたビールジョッキが濡らした小さなテーブルの上に、あっという間に並んだ皿を見て、俺はまた噴き出した。

「ちょっと、なんなんすか、この組み合わせ。刺身、浮いてますよ」

「お?　そうか?」

いや、そうだろ。天然なのかな、こいつ。俺のことはもちろん、組み合わせすら考えずに自分が食いたいものだけをそのまま頼みやがった鈴木さんが、次々と皿を空けてゆくのを、俺は笑いながら眺めていた。テーブルにのらなくなった灰皿を手に持って、タバコを吸いながら。

ジョッキ2杯分のビールなんかじゃ酔わないはずなのに、俺は不思議といい、気分だった。ここに来るまでは、社長の悪口や会社の愚痴を言って鈴木さんと盛りあがろうと思っていたのに、そんなことはすべて、もうどうでもよくなっていた。

カミサンがいてくれるから俺は楽しいんだ、と言った鈴木さんの、やたら嬉しげだった声の余韻が、俺の耳の中に残っていた。もし、彼の耳がまったく聴こえなくなったとしても、彼のその、人生の軸のような部分は変わらない。これからもずっと、奥さんのことを語るたびに鈴木さんは、こんな風に声を弾ませるのだろう。

この人となら、男としての情けなさを共有できると踏んで誘った自分が嫌になるくらい、今、俺の目の前で、口いっぱいに入れたお好み焼きをビールで流し込んでいる鈴木さんは、しあわせな男だった。会計になると、俺をレジの前に残してフラフラと外に出ていき、俺にすべてを支払わせるという計算された図々しさも兼ねそなえた、天然ボケした明るい男だった。

財布の中の五千円札が、千円札1枚と小銭に変わってしまったことに小さく舌打ちすると、彼に対する同情心なんてすべて、どっか遠くへと吹き飛んでいった。

アスファルトの雨もすっかり乾いた夜の繁華街を、俺よりずいぶんと背が低い鈴木さんと、並んで歩いた。この道の先に、俺にも、俺の帰りを待っている女がいてくれることが、なんだかすごく、誇らしかった。

駅の改札で鈴木さんと別れ、満員の最終電車に、駅員に背中を押されながら乗り込んだ。背の高いOL風の女と、べったりと抱き合うような格好になってしまった俺は、痴漢だと疑われてはたまらないと、両手を上げてつり革にしがみついた。息が酒臭いと思われたらイヤだと思い、俺はあごを上げて鼻で息をした。電車が揺れるたびに、ひじにさげた重たいカバンがキリキリとスーツに食い込んだ。

駅からアパートまでの道を歩いている頃にはもうすっかり汗だくで、スーツのジャケットの下でワイシャツが、背中にぐっしょりと張りついた。重たい足を一歩一歩持ち上げるようにして階段を上がり、やっと辿《たど》りついた部屋の前に屈《かが》み込み、カバンの中のどこかに入っているはずの鍵《かぎ》を探していると、額から膝《ひざ》にポタポタと、汗の滴がこぼれ落ちてきた。

もう寝ているかもしれないから、とそっと開いたドアのすぐ向こうに、エミリが見えた。ドアを内側から押し開けて「おかえり」と言うエミリの声は、俺にとても優しくて、「ただいま」を言う俺の唇は、嬉しさを噛みしめきれずに、にやけてしまった。

口元がゆるむと同時に、スーツを着た肩に入っていた力が、スーッと抜けてゆくのを感じた。昼間、俺のことを犬のように追い払いやがった中年オヤジの背中に向かってかけた俺の情けない猫撫《ねこな》で声も、あまりの悔しさに発狂してしまいそうになってグッと噛みしめた俺の奥歯も、キレイな虹を見るなり心いっぱいに広がった俺自身の醜い毒も、すべて、エミリの前に溶けてゆく。

この感じは、どこかとても懐かしく、すっかり忘れていたはずの古い記憶を、俺の脳裏に呼び起こさせた。小学校でイヤなことがあった夜、俺はいつも耳がかゆいと嘘をついて、母親に耳かきをねだっていたことを思い出した。母の膝の上に顔を置いて、母の柔らかい腹に顔を埋めて、絶対にバレないように気をつけながら俺はこっそり泣いたりした。

次の朝にはまた同じ悩みを引きずって登校しなきゃいけないことに変わりはないんだけど、そうしているあいだに、胸の中でモヤモヤとしていたイヤな気持ちが、ゆっくりと心地よく温かく、溶けてゆく感じがした。

今、エミリが俺にくれる温《ぬく》もりは、それと同じ種類のものだった。癒し、という言葉では足りない、男をすっぽりと包みこんでくれる、女の大きなエネルギー。新宿でエミリを初めて見かけた時から、俺は、もしかしたらエミリに、それを感じていたのかもしれない。

走った、ことを思い出した。俺は、エミリに声をかけたくて、あの時、思いっきり走ったんだった。俺にもう一度「おかえりなさい」と嬉しそうに微笑《ほほえ》みかける、エミリの白く柔らかな頬に、俺は思わず手を伸ばした。俺があの夜走ってエミリを追いかけたのは、エミリに触れたい、と思ったからだ。

エミリの顔を腕に抱き、頬にそっと唇を当てると、ふわっとしたエミリの肌の感触に、俺はうっかり泣きそうになった。

こぼれそうな涙を目の奥に隠して、俺は慌ててエミリから体を離した。「一緒にフロ入る?」なんて台詞《せりふ》でごまかしながら、俺はエミリに背を向け部屋へとあがり、風呂場へと逃げ込んだ。汗でびっしょり濡れたワイシャツを脱ぐと、洗面台の小さな鏡に映った自分と目が合った。俺はぎょっとして、とっさに手に持っていたワイシャツで顔を隠した。

目から涙がこぼれ落ちたのは、きっと、鼻の奥がツンとするほどにシャツが汗臭かったせいだ。エミリが入ってくる前に俺が自分でフロの電気を消したのも、俺にハダカを見られることを何よりも拒むエミリのいつものひと手間を、省いてあげるため、それだけだ。

湯を入れ始めたばかりでも、ふたりで入ればすぐに肩まで湯がのぼる、窮屈な湯船の上に、

「ねぇ、コウちゃん」

と俺を呼ぶエミリの声が、ポワンと響く。そのすぐ後ろでジャージャーと、蛇口から勢いよく流れ出ている湯は、すぐ真下にあるエミリの肩の上に落ちては弾け、エミリの肌を伝って湯船の中に、音もなく紛れ込んでゆく。

暗闇《くらやみ》にすこしずつ目が慣れ始めたからか、温まって酔いが回ってきたからか、俺の鼻の先にあるエミリのツルンとした丸顔が、白い湯気にフワフワと包まれて、まるで天使のように見えた。

「コウちゃん、あのね、今日バイトで、すごくイヤなことがあって、でもその後で、すごくいいことがあったよ」

「ふぅん、なにがあったの?」

「秘密」

「なんだよそれ」

俺はエミリの額をそっと突くように、自分の額をコツンと当てた。

「でも、俺も。俺の今日も、そんな感じ」

額をピタリとくっつけたまま、俺はまっすぐエミリを見つめた。

「なにがあったの?」

「言わねぇよ」

「なによ、それ」

キャハハと笑うエミリの肩に両腕を回すと、浴槽からザザンッと湯があふれ出した。俺はエミリの右肩の上にある蛇口をひねって、湯を止めた。途端にシンとした浴室の中で、俺は目を閉じて、エミリの鼻の先に自分の鼻をそっと当てた。

「エミリ、好きだよ」

俺の声が大きく響いたその後で、ポチャンッと湯が揺れる音がして、俺の閉じたまぶたに湯がかかった。そっと目を開けると、エミリの爪《つめ》が見えた。顔を両手で覆ったエミリが、小さな声でボソッとつぶやいた。

「なに?」

俺が聞き返すと、

「……初めてだよ」

エミリが言った。

「なにが?」

「好きって言ってくれたの」

「ウソだ、そんなことねぇよ」

た。

「それは、絶対ないって」

そう言って俺は、目を覆っているエミリの手を取って手をつなぎ、エミリの指を自分の唇に当てた。

「うぅん、本当だよ」

「……うぅん、初めて。嬉しいよぉ」

そう言って肩を震わせたエミリの右目から、涙が一粒、こぼれ落ちたのが見えた。それはすぐに、湯で濡れたエミリの頬の上で消えて、見えなくなった。もう一粒、また一粒、とエミリの涙の滴を見ていたら、さっき、汗で濡れたワイシャツで拭った涙の続きが込み上げてきて、俺の目頭を熱くした。

泣いているところを、どうしてもエミリに見せたくない俺は、エミリの涙を受け止める振りをして、エミリの目の下に唇を当て、エミリの目の先から自分の顔を逸《そら》した。エミリの目からこぼれ落ちては頬を伝ってゆく涙の後を追うようにして、エミリの目の下から、頬へと、俺は唇をゆっくり這《は》わせていった。

「……ねぇ、コウちゃん」

エミリの声が、俺の耳の中に静かに響く。俺は、エミリから言葉を奪うようにして、エミリの唇にキスをした。俺の涙の、味がした。そっと唇を浮かして、俺は言う。

「好きだよ、エミリ」

何度だって言うよ。

だって、「好きだよ、エミリ」。

心の中では、いつも、思ってた。


俺の濡れた髪がエミリの顔の上にボタボタと水滴を落とすたびに、エミリはパチパチとまばたきをして目を細めた。エミリが自分の胸を隠すようにして抱きしめているバスタオルを引っ張って、俺はエミリの濡れた頬を拭《ふ》いてやった。

そして、湿ったタオルをそのままベッドの下に落としながら、俺は、エミリのハダカの胸に頬をのせた。「電気消してよぉ」とねだるエミリに「やだよ」と甘えて、俺はエミリの柔らかな胸に顔を埋めた。湯で火照ったエミリの肌は熱くて頬に心地よく、そこに残る石鹸《せっけん》の香りが、鼻の先をふんわりくすぐった。

「コウちゃんの髪の毛、冷たいよぉ」と体を逸したエミリを捕まえるように、俺はいたずらっぽくエミリの胸をギュッとつかんで、乳首を口に含んだ。キュッと吸いつくと、「ッ」とエミリの体が小さく揺れる。

体は硬く興奮し始めたのに、俺の心はまた、エミリを前に溶け始める。エミリが俺の額からまぶたにかけて、そっと優しくなで始めた。温かな指先に誘われるように閉じたまぶたの中で、今にもストンと眠りに、落ちてしまいそうだ。

「なんか、コウちゃん赤ちゃんみたい」

すぐ上から降ってきたエミリの優しい声に、俺は慌てて目を開けた。

「バカ言えよ」

ちょっとムキになって言い返すと、キャハハ、と子供みたいにエミリが笑う。「赤ちゃんみたいなのは、そっちだっつーの」と、俺の唾液《だえき》に濡れて光っているエミリの乳首を指でつまみ、「ごめんなさいは?」とふざけた調子で俺は言った。「んっやだぁ」と俺の体の下で体をよじらせて逃げようとするエミリを、俺は「許さねぇよ」と笑いながら抱き寄せた。

「ごめんなさいは?」。エミリの耳に唇をつけながら、俺はもう一度聞いた。「くすぐったいよぉ」と手をバタバタさせたエミリを軽く押さえつけ、もう片方の手を、エミリの足のあいだにもっていった。

「やだ、やだ、ごめんー」と笑いながら、今度は足をバタつかせる。エミリのその奥はもう、柔らかく熱く濡れていた。

吸い込まれるように指を入れると、エミリは静かに体をくねらせた。

ピタリと密着させた肌と肌のあいだが、お互いの汗で滑り始めた頃、俺はエミリから体を起こした。俺の額からポタポタと汗が数滴、エミリの腹に落ちた。俺に向けて広げられた太もものあいだから、片腕を目の上に置いて顔を隠している、エミリが見えた。呼吸が乱れて、肩が上下に小さく揺れている。

「コウ、ちゃん」

エミリの中に入れようとしていたタイミングで、エミリが呼んだ。さっきまでエミリの口から漏れ続けていた、甘く酔っぱらったような声とは違う、妙に落ち着いた声のトーンに、俺は体を止めて顔をあげた。

顔の上に置いていた右腕を下ろして、エミリはまっすぐ俺を見つめていた。そして、蛍光灯の白っぽい明かりの下で、額ににじむ汗を光らせて、ピンク色に火照った頬をふわっと盛り上げて、俺に微笑みかけた。エミリは、息を呑《の》むほど、キレイだった。

初めて見たエミリの顔に、俺は入れることすら忘れて見入ってしまった。俺の視線の先で、エミリの唇が、声は出さずに、ゆっくりと動き始めた。

あ、い、し、て、る。あいして、る。キスをするようにキュッとつぼまった唇の横を、エミリの涙が一筋、音もなく流れていった。

胸の奥が、痺《しび》れたようにビリッと熱くなった。

でも、ひとりの女にこんなにも愛されるに値するだけのことを、俺はひとりの男として、エミリにしてきてあげられたのだろうか。

彩と別れた、2年前の春の夜、エミリの目の前で泣き崩れてしまった俺を、エミリは受け入れてくれた。それからずっと、エミリは俺のそばにいてくれた。俺なんかの身にはあまってしまうほど、エミリの愛は大きくて、その中はひどく心地がよくて、俺はそれが嬉しくて、ありがたくて、俺はまた、そこに甘えていた。

気づいたら俺は、自分の手で広げたエミリの太ももをパタリと閉じて、そこにグルリと腕を回してエミリの足を抱いていた。

「ごめんね、エミリ」

俺は、エミリの膝に自分の額をくっつけた。

今までの俺じゃ、君にこんなに大切にされるに値しないよ。これからはもっと、俺も君を大事にするよ。エミリの母性のような優しさに甘えるようにして、せっかく作ってくれた弁当を人にあげたり、ウソついて飲みに行ったり、あぁ、「ごめん」。これじゃ俺は本当に、母親に甘える赤ん坊だよな。俺は、彩にガキだと言われていた頃の俺のまま、まだ、ガキのままなんだ。口には出さないだけで、エミリだってそう、思っているよな、「本当にごめんね」。

「……なんで？　どうして、謝るの？」

ひどく沈んだ声を出したエミリに、俺は、なんでもない、とでも言うように首をサッと横に振った。エミリの前で、もう二度と泣いたりしない。弱音を吐いたり、情けないところを見せたりしない。それは、俺があの夜、自分に誓ったことだった。エミリを守ることができる強い男に、なりたいと思ったからだ。それなのに今、俺はまた、泣きそうだ。

「ちょっと、トイレ」。そう言って俺は、エミリの足からスルリと腕を抜いて、エミリに背を向けてベッドをおりた。

素っ裸で便器に座って、目の中に浮いた涙を腕で拭っていると、ぐぅ、と腹がなった。あまりにもマヌケな自分に、ちょっと笑ってしまった。こんな俺のことを、あんな風に愛おしそうに見つめ、愛していると言ってくれるエミリは、俺の天使だと思った。口にすることを想像しただけで赤面してしまうようなことを、本気で思っている自分が、なんだか歯がゆく、嬉しかった。

俺も愛している、と早くエミリに伝えよう。そう思って立ち上がると、床に置いてあった雑誌につまずいて、その横に落ちていた、細長いものに目がいった。手に取るとそれは、妊娠検査薬だった。

浮かれていたはずの心が、ビクッと大きく震えたのが自分で分かったほどだった。あ、でもこれはたぶん、陰性だ。それに気づいた途端、肩の力が抜けて、心底ホッとしている自分にも気がついてしまった。

終了、と書かれたところに太い赤線が入っているだけで、もうひとつの窓の中に線はなかった。検査薬は、過去に1度、目にしたことがあって、その時は両方に1本ずつ、計2本の線がくっきりと入っていた。その画を思い出しただけで「妊娠した」と俺に告げた時の彩の沈みきった声が、脳裏によみがえってきてしまう。

エミリが、その時の彩のような気持ちでこれを使ったんじゃないことは想像できた。「生理きちゃった」と、俺につぶやくエミリの残念そうな声を、俺は何度も聞いている。エミリが子供を欲しがっていることに対して、戸惑う気持ちがなかったわけじゃない。ただ、俺の安月給じゃまだ無理だ、とエミリに正直に伝えるのは、なんだかカッコ悪くて言えなかった。避妊しなくていいと言うエミリの言葉に無責任に甘え、目の前のキモチ良さに流された。ついさっきだって、そのまんま流されるつもりだった。

レバーを押して水を流し、検査薬を小さなゴミ箱の中に捨てて、トイレのドアを開けた。俺は、昼間、彩に送ってしまったメールの内容を思い返していた。彩は、メールを読んだだろうか。どう、思っただろうか。返事がくることはきっとないだろう。でも、別れてからずっと俺の胸の中に残っていたことだ。メールを送って、よかったんだと思う。

部屋に戻ると、エミリがハダカを布団で隠して、ベッドの上にポツンと座っていた。

「……もう、しないの？」

パンツをはいた俺の背中に、エミリが寂しそうにつぶやいた。「……あとでね。俺、腹減っちゃってさぁ」なんて、わざとおどけてみせた俺に気づいているのかいないのか、「じゃあ、ハンバーグ食べる？　温めるよ」とエミリは俺に明るく笑いかけた。

冷蔵庫の扉を開けた途端、「俺がやるからいいよ」なんて、優しい男を気取って言った自分が、心底嫌になった。エミリが用意したご馳走で、冷蔵庫の中は埋め尽くされていた。真ん中の棚から一番大きな皿を取り出すと、野菜やポテトと共にていねいに盛りつけられたチーズハンバーグが、キレイにラップされていた。下の段には、俺の好きなチョコレートケーキが、ピンクのハート型の皿の上にのっていた。

それを見て、俺はやっと思い出した。数か月前に一緒に入った雑貨屋で、記念日の夕食にこのお皿を使いたいから、とエミリが買って、一度も使わずに大事にしていた皿だった。

今日は、エミリとの2年記念日だった。

「ごめんっ！」。俺は、ハンバーグの皿を手に持ったまま、エミリのほうを振り返った。「記念日だってこと、すっかり忘れてた。本当に、本当にごめんっ！」。俺が帰ってこなくて、ものすごくガッカリしたはずなのに、文句ひとつ言ってこないエミリに対して、俺はいたたまれない気持ちになった。ウソをついて飲みに行ってしまって、土下座でもしたい気分だった。それなのにどうして怒ってさえくれないんだよ、と憤りすら感じてしまった。

さっき俺がはぎ取ったバスタオルを巻きつけて、こっちに歩いてきたエミリは俺の手から皿を取ると、何も言わずにレンジに入れた。俺は、後ろからエミリの肩にそっと手を置いた。申し訳なくて、もう言葉も出なかった。

ジーッと音を立てて、レンジの中で、皿が回ってゆく。しばらくのあいだ、それをじっと見つめていたエミリが、俺のほうを振り返った。


「何度も、何度も、謝る代わりに、一度だけ、愛してるって言って?」


俺の気が抜けてしまうほど、穏やかな顔をしてそう言ったエミリに、俺はとっさに腕を回した。俺よりずいぶんと背の低いエミリの背中を包み込むように、後ろから、力いっぱい抱きしめた。

「ちょっと痛いよぉ」と嬉しそうに笑うエミリの頬にキスをして、タオルを胸元で押さえていたエミリの両手を、俺の両手でギュッと握りしめた。すっかり湯ざめしたエミリの指が、とても冷たくなっていた。

「……冷え症だよね。春も夏も、指、冷たいね」

「うん」

「俺、ずっとエミリの手、つないでいたい」

「…うん」

「愛してるよ」

「……」

「エミリに言われたから言うんじゃなくて、本当に」

「……本当に？」

そう言って、肩を小刻みに震わせたエミリをしっかりと抱きなおしてから、俺はもう一度大きく頷《うなず》いた。

「だからエミリ、俺のイヤなことあったら、ちゃんと言って？　ムカついたら、ちゃんと怒って？」

「……。わたし、男の人とちゃんと付き合うの初めてで、よく分からないの。どのくらい言っていいのか、とか。嫌われちゃうんじゃないかって、怖くって」

エミリの表情は見えないけど、わざと明るさを保っているような、けなげな声だった。

「嫌いになるわけないじゃん。なんでも言って、わがままなくらい、もっと俺に甘えてほしいよ」

お前が悪いくせに何を偉そうに言ってるんだよ、と、もうひとりの俺が冷めた目で俺を見つめていた。

「できるかな。わたし、チキンだから」

そんな俺の葛藤も知らずに、そう言ってクスクス笑うエミリが愛おしくて、あまりにも愛おしくて、俺はどうにかなってしまいそうだった。

「結婚しよう」

考えるより先に、俺は言っていた。

「俺、まだ給料安いけど、これから頑張るから。だから、俺と結婚してほしい」

心からの、想いだった。想いがあふれて、言葉が止まらない。

「俺の手で、幸せにしたいって思う。エミリのこと。俺が、守っていきたいって思う」

エミリは、俺の腕から滑り抜けるようにして、キッチンの床にペタリと座り込んでしまった。ありがとう、とつぶやいてから、突然ワッと発作のように激しく泣き始めたエミリの頭を、そっと撫でながら、俺は思っていた。

こんなにも女々しい俺に、
こんな男らしい台詞を、言わせてくれる。
そんな君に、本当は俺が、守られているのかもしれない。

「でも、子供はもうちょっと待って。俺、まだガキだから、父親になる準備はまだできてないんだ」

俺の言葉に、エミリは、頭を縦に振って大きくコクンと頷いた。

レンジが、俺たちの目の前で、チンッと音を立てて止まった。いつの間にかまた降り始めていた雨が、キッチンの小さな窓を、パチパチと叩いていた。

Scene 12 ──── 彩

成功するため

がむしゃらに

走っているあいだに

しあわせ、

通り過ぎちゃったら

どうしようって時々、

ものすごく怖くなる。

朝からウソのジョークで賑《にぎ》わっていたツイッターのタイムラインに、乗り遅れた。気づけばもう、夕方だ。シャレたウソのひとつもつぶやけぬまま、エイプリルフールも終わろうとしている。

「ちょっと待って」

私はiPhoneから顔をあげて、スタジオから洋服のかかったラックをガラガラと押し出しているアシスタントを呼び止めた。

「外、また雨降ってるみたい」

昨日の昼から編集部で30体のコーディネートチェックをして、そのまま地下のスタジオで一日中撮影をしていた私は、外の天気がどう動いているのかさえ、ツイッターを通さずには分からない。

夏服のコーディネイトを考えているあいだに春が過ぎ、秋服をモデルに着せているあいだに今年の夏も、終わるだろう。仕事以外のことは何ひとつままならぬまま、時間がビュンビュンと猛スピードで、私の後ろへ後ろへと流れてゆく。

「あのぉ」

iPhoneをスクロールする指を止めて顔をあげると、ラックに手を置いたまま、アシスタントが困った顔をして私を見ていた。なかなか仕事を覚えない彼女に苛立《いらだ》ちを覚えながらも、私は、リースしている洋服をバッグに入れて運ぶようにと指示をした。分かりました、と言いながらもふに落ちない表情をしているアシスタントに、私は努めて優しい声をだした。

「なんで、バッグに入れるか分かる？」

「濡《ぬ》れるから、ですよね。でも、ビニール、かかってるじゃないですか」

どんな理不尽な指示をされても、私は師匠に一度だってそんな口のきき方はしなかった。当たり前のことを指示しただけで、どうしたらこんな態度が取れるのか。私が優しくするから、ナメられるのか。

強い怒りを覚えたけれど、アシスタントだった頃《ころ》の自分と自分のアシスタントを比べてはいけないと、前回学習した私は、もう一度彼女に説明することにした。今、辞められては、私が困る。

「あのね、ここにある洋服はお店からお借りしているもので、このビニールは、私たちがかけたものじゃなくて、お借りする時にお店でかけてくれたものでしょう。だから、ビニールも含めて濡れないようにするものなの。だから、バッグに入れて運んでくれるかな？」

はい、分かりました、外に出る前にバッグに入れます、と私の顔も見ずにブツブツつぶやきながら、ラックを押して出ていった彼女のやる気のない後ろ姿を、私はスタジオの外に飛び出て呼び止めた。ビニールが雨に濡れるうんぬんの前にまず、サマードレスの裾《すそ》が床についていたことに気づいたからだ。

「ちょっと！　裾、引きずんないっ！」

私の怒鳴り声が廊下に響き、彼女の肩が、ビクッと震えた。ラックからはみ出たドレスの裾をサッと持ち上げてエレベーターの中へと乗り込んでいった彼女は、閉まりゆくドアの隙間《すきま》から、真っ赤になった涙目で私を睨《にら》みつけた。

閉まったドアの前に、私の大きなため息が、空しく落ちた。彼女がもう3日、ろくに寝ていないのは知っている。でも、面接した時に、そうなることはきちんと忠告したはずだ。

私はデニムのポケットに触れて、そこにタバコが入っていることを確認してから喫煙所へと向かった。心の中の怒りはすぐに、不安へと変わってゆく。やっと、ひと通り仕事を教えたところで、今、彼女に辞められてしまったらどうしよう。

師匠から独立して、1年。アシスタントはすでに、ふたり目だ。3か月前に突然、「もう疲れてしまいました」という1通のメールだけを残して、アシスタントが消えた。そこからはもう、思い出したくないほどパニックだった。

アシスタント時代よりも体力的にはいくらかラクになったものの、スタイリストになってからの精神的な疲れは、昔とは比にならない。独立したということは、フリーランスになるということ。自分の仕事は自分で取らなくてはいけない。自分の肩に重くのしかかるプレッシャーだけでもしんどいのに、辞められては困ると、アシスタントにまで気を遣わなきゃいけないなんて、最悪だ。

新人に割り当てられるファッションページは、コーディネイト数が異常なほどに多い。師匠のような大御所が、雑誌の巻頭にくる大きな企画で、見開き2ページをドーンと飾るモデルの洋服を一体組むところを、今日の撮影のために私は、雑誌の後ろのほうのページに細々と載る『夏のデート服30コーデ』を30体、組んだ。

もちろん、編集者にページを任されるということは、とてもありがたいことだ。ページの隅に小さく「スタイリスト／寺田彩」とクレジットが載っているのを見るたびに、頬《ほお》がにやけてしまう。これまでさんざん頑張ってきて、今も苦労が絶えないだけに、少しずつ実を結んでゆく確かな夢の実感に、キャアと心が歓声をあげる。月に1度のその喜びがあるから、また1か月頑張れる。それの繰り返しで、今月やっとスタイリストとしての2年目に入った。

丸2日寝ていないフラフラな体が、あぁ、タバコで余計にクラクラする。私は、このけだるい感じが嫌いじゃない。この、疲れ切った体の内側を満たすなんとも言えない充実感。これが、癖になるほど快感で、もう、私はこれがないと満足できない。

なぁんて、1年以上セックスもしていない体で何を言っているんだ、と頭の中で自分に突っ込みを入れていると、さっきまで私が撮影していた隣のスタジオから出てきた石ちゃんを見つけた。

「あー、お疲れ様ー！」

私が嬉《うれ》しくなって声をかけると、石ちゃんも私を見るなり笑顔になって、こっちに走ってきた。

「わぁー、寺田さん、お疲れ様です！　撮影ですか？」

「うん、さっき8スタで終わったとこ」

「私7スタで、これからです」

「そっかそっか、師匠は？」

「そりゃ、まだですよ。ギリギリにご登場っすよ。知ってるじゃないですか」

石ちゃんと一緒に笑いながらも、胸に込み上げてきた懐かしさに、私はひとり、目を細めていた。

師匠の下で石ちゃんと共に働いていたのはたった1年前のことなのに、それがまるで、遠い昔のことのように感じる。

1日の中の24時間と、1年の中の4つの季節は飛ぶように過ぎ去っていったのに、ふと立ち止まって1年前を振り返ると、そこに立っていた私は今の私とは別人だ。師匠の下で丸3年、独立してから丸1年かけて、やっと私はスタイリストになることができたように思う。

そして、石ちゃんも夏に独立が決まったと昨日編集者伝いで聞いたことを思い出し、そのことを石ちゃんに聞こうとすると、

「あ、なんかこの前、すごいこと聞いちゃったんですけど」

と、石ちゃんが声を潜めて私にそっと切り出した。

「なんか、師匠のことなんですけど。寺田さん、知ってました？　結婚してるって」

「えっ⁉」

驚いて思わず叫び声をあげてしまった私をとがめるように、石ちゃんが「シッ」と言って私の腕に手をのせた。そして、まるで小さな女の子がナイショ話をするような仕草で、石ちゃんは背伸びをして、私の耳元に唇を近づけた。「これ、チョー秘密なんですけど」と、囁《ささや》く石ちゃんの声が、耳の奥にくすぐったくて不快だった。石ちゃんから体を逸《そら》したかったけど、詳しく知りたいと思う自分の好奇心には勝てなかった。

「師匠、もう事実上は、別居もして、離婚してるも同然のような状態らしいんですけど。でも、浮気した師匠に腹を立てた奥さんが、恨みから籍を抜いてくれないんだって。子供もふたり、いるみたいですよ、なんか奥さん、マツキヨで働いて子供養ってるってウワサです……」

言い終わると、石ちゃんは私の腕から手をするりと離し、いつもの声に戻って「サイテーっすよね」とため息を吐き出しながらつぶやいた。そして、私に意見を求めるようにして私を見上げた石ちゃんに、「ま、事実がどうであれ、私は師匠のプライベートにはまったく興味ないんだよね」と私

は言った。胸の動揺を隠すようにして、ハッキリとそう言い切った。

ウソではない。男としての岡崎に、私はまったく興味がない。ただ、間違えて興味をもってしまった過去を思い出すと、今でも顔から火が噴き出しそうになる。孝太に振られたショックから、突発的に、私をパシリとしか思っていない岡崎に想いを寄せたあの2日間は、今となっては、思い出したくもない過去の汚点なのだ。

特上のゴシップに興味を示さなかった私に、石ちゃんはガッカリしたように肩をすくめた。私は灰皿の上でタバコの火をもみ消しながら、懐かしさについうっかり気を許し、石ちゃんを友達のように思って開きかけていた心をパタリと閉じた。石ちゃんは、世話になっている師匠をゴシップで簡単に裏切る子なのだ。

「寺田さんは、どうなんですか？　プライベートのほうは？」と、無邪気な様子で聞いてくる石ちゃんに、「なんもないよー。やんなっちゃう」と笑って返した。

広そうで狭い業界内に、「チョー秘密」と前置きがつくウワサ話が完全に行き届くまでに、1か月もかからない。同じ編集部内でのゴシップにおいては、広まるのは一瞬で、どんなにプライベートな会話だってすべて、どこまでも筒抜けだ。

この業界に足を踏み入れてすぐにそのことには気づいたけれど、名無しのアシスタントの頃は、止めどなく流れてゆくゴシップをただ聞き流していればよかった。でも、今は違う。皆が、私に寺田彩という名前があることに気づいた瞬間、ゴシップの中に登場する資格が、私にも与えられたのだ。

気をつけなくちゃ、と私は自分に言い聞かせる。実力はもちろんだけど、周りからの評判が命の世界だ。この4年のあいだに、悪い噂話《うわさばなし》がきっかけとなって引きずり下ろされたモデルを何人も見てきた。モデルでさえ、だ。他にいくらでも代えがきく、駆け出しのスタイリストの一番の敵は、ゴシップに他ならない。

師匠は、男だ。それも、見た目のいい男。どんなにヒドイ噂を囁き合う時でさえ、女たちはどこか、彼に魅了されているかのように微笑《ほほえ》んでいたりする。女同士では、そうはいかない。女は気に入らない女の足を、思いっきり引っぱる。

「あ、寺田さん、雑誌、載ってるの見ましたよー。もー、売れっ子じゃないですか！　いいなぁ」と言う石ちゃんに、「そんなことないよ」と返しながらも、私は心の中で頷《うなず》いた。うん、大丈夫。今のところ、私は人間関係も、なんとかうまくやっている。

だから、やっぱり、やめておこう。

自分を戒めるような気持ちで強く、そう思ったのにもかかわらず、石ちゃんと別れてエレベーターに乗るなりすぐにまたツイッターを開いて、私は彼を思っていた。私のタイムラインには、今まさにリアルタイムで「打ち合わせなう」という彼のつぶやきがアップされたというのに、私が昨晩送ったダイレクトメッセージに、返事はきていなかった。

そのことにちょっぴり傷ついている自分は、バカだって思う。送ったメッセージにクエスチョンマークを入れなかったことだけが救いだ、入れなかったから返事がないだけだ、と自分を慰めている自分は、アホだって思う。打ち合わせ中につぶやくなよって彼に対して毒づいてさえいる自分は、一体、なんなんだろうって考えてしまう。

これが恋心なのかもどうかは分からないし、単なるミーハー心から、彼のことが気になっているだけなのかもしれない。自分の気持ちが分からないというよりも、できればこのまま、分からないうちに消し去ってしまいたい。

師匠の時のように、一時的な勘違いで恋心を膨らませ、恥ずかしい思いをするのはまっぴらごめんだった。それも、フィールドこそ違え同じ業界内の相手ときた。私がかくかもしれない赤っ恥は、私の胸の中だけには留まらないだろう。きっと、どこかから漏れて、最新ゴシップとして、現場を沸かすことになる。

ムリだ。あぁ、もうそんなの、絶対に、ムリ。エレベーターを降りる頃には、さっきまでガッカリしていた自分がウソのように、彼から返信がきていなかった事実に、ホッとした。だって、きていたら間違いなく、舞い上がっていただろうから。危なかった。あぁ、危なかった。頭の中でそう繰り返しながら、私はiPhoneをバッグの中にしまった。

2日ぶりに出版社のビルから出ると、眩《まぶ》しいくらいの太陽の光が、コンタクトが乾き始めていた目に染みた。真っ青に澄んでいる空とは対照的に、真っ黒に濡れたアスファルトからは、コンクリートの湿った匂《にお》いがした。雨が、やんだばかりのようだった。

もしかして、と目を細めて眩しい光のほうを見ると、まるで私が出てくるのを待ってくれていたかのように、大きな虹《にじ》がかかっていた。まだ日があるうちに仕事が終わったのは、数か月ぶりで、久しぶりに見上げた青い空に浮かぶ七色の虹は、そんな私への、神さまからのご褒美のように思えてならなかった。

陽子との待ち合わせまでにまだ時間があったので、私は虹が空から消えるまでのあいだ、ずっと見ていることにした。出版社の前のガードレールにもたれかかりながら、手で目の上にひさしをつくって、ボーッと空にかかる虹を眺めていると、ふと孝太の顔が頭に浮かんだ。元気にしてるかなって、孝太のことを思い出した。

あんなにも辛い別れ方をしたのに、たまにこうして私の頭の中に浮かび上がってくる孝太は、いつだって笑顔だ。目尻《めじり》を下げて白い歯を見せて、やけに楽しそうに笑う孝太の顔が、私の記憶に深く刻まれている。最後に公園で別れを告げた時、孝太は顔を両手で覆って泣いていたのに、どうしてだろう。

そんな風にして、別れた後も孝太が私に見せてくる笑顔に、あれから何度、胸をギュウッと絞られるような思いで涙を流してきたか分からない。でも、別れてから2年が経つ今は、あぁ、なんて憎い奴《やつ》なんだろうって、優しい気持ちで思えるようになった。やっと、だ。

今頃、パパ、してるのかな。あいつ、大丈夫かなって、本人からしたら余計なお世話だと分かりながらも、私はちょっぴり心配に思う。

スーッと青を透かすように薄れていった虹色が消えて、私は空から視線を下ろした。UGGのムートンブーツを履いた自分の足元まで視線を落とし、水たまりをよけるようにして駅までの道を歩いていたら、黒いアスファルトに映えたパンプスの淡いピンク色を思い出した。

なんか、アシスタントの頃のほうが、イイ女を目指して肩に力、思いっきり入れていたなぁ。そんな風に過去の自分のことを思える余裕が、今の私にあることが嬉《うれ》しかった。私は確かに、あの頃の自分が目指していた女に、近づいてきている。

7、800円の距離をタクシーで移動することはできないし、30万もするGUCCIのジャケットを衝動買いすることもまだできないけれど、あの時履いていたお気に入りのパンプスは今、私の念願だった、ひとり暮らしの部屋に大切に飾ってある。メゾネット式、恵比寿駅から歩いて5分で、家賃は10万円。

狭いけれど、私が自分の力でやっと手に入れることができた、私のお城。これからそこに、陽子が遊びに来てくれる。陽子がついに自分のサロンをオープンさせたお祝いに、ふたりでシャンパンを開けるのだ。

「あ、もしもしー？　お疲れさまー」

恵比寿の駅ビル内にあるスーパーでシャンパンとチーズの会計をしていると、アシスタントから電話が入った。ショップへのリース返却をすべて終了した、ということを私に報告する彼女の声は沈みきっていて、よく聞こえないくらいだった。

「もしもし？　大丈夫？」

受け取ったおつりを財布に入れながら、ガヤガヤとうるさい店内を出ると、電話口から、すすり泣く声が聞こえてきた。別れ際にちょっと怒鳴ったから、泣いているのだろうか…。あきれて、かける言葉も出てこなかった。

しばらくの沈黙の後で、「もうムリです」と彼女がつぶやいた。「え？」と思わず聞き返した私に、「もう辞めます」と、彼女が今度はハッキリそう言った。

「本気で頑張ろうと思ってこれまでやってきたんですけど、私には向いていませんでした。すみません」

「……。あのさぁ、本気って言葉、そうやって軽く使わないでくれる？」

不愉快だった。本気で仕事をしている私に対して、失礼だ。今、辞められたら困るのに、私はもう言葉を喉《のど》の奥に押し戻すことができなかった。

「本気って、バカでかいエネルギーだから。もし本気だったら、そう簡単に投げ出したりなんか絶対にできないから」

「……すみません」

「辞めるのは全然かまわないけど、次の子が見つかってからにしてね。本気だったんなら、それくらいはできるでしょ？」

自然と大きくなる声も、あふれ出す言葉も、抑えられなかった。

「そういう契約だったんだから、そこは絶対に、何がなんでも守ってもらうから！　明日、朝7時から逗子海岸でロケだから、編集部から洋服持って5時にロケバス乗ってよね、その前に、全アイテムの写真撮って、値書きして、タグとって、アイロンかけて、靴には底張りしてよね、じゃ、明日会いましょ！」

一気にそう言って、しばらく待ってから彼女の「分かりました」を受け取ると、私は何も言わずに電話を切った。

陽子と開けるシャンパンを選んでいた時にはすべてが順調に進んでいるように思えたのに、マンションに着く頃には、私は自分の人生そのものに疲れたような気持ちになってしまっていた。エレベーターの中で、鍵《かぎ》を探すためにバッグを開けると、ａｕの携帯が青い光をピコピコと点滅させているのが見えた。手に取ると画面に、メール受信1件とある。誰だろう。電波が通じにくい時のためにまだ解約していないだけで、ここ数年はほとんどの連絡のやりとりにiPhoneを使っている。

メールを開いた途端に画面にあらわれた名前に驚いて、携帯をパタンと閉じてしまった。２年前のあの夜、公園で別れたっきり一切連絡を取っていなかったのに、いまさら、なんだろう。その内容を想像するだけで、もうその名前すら思い出したくもない女が、私の胸のど真ん中に立ちはだかる。

思い返してみれば、今のアシスタントも、その前の子も、あの女と似たタイプだった。人生で恋愛以外に本気になれるものがない、私が何より嫌いな、男に依存する女たち。

ひとりでメールを読む気になれなかった私は、携帯をそのままバッグの中に戻し、ドアの鍵を開けた。陽子が来る前に散らかった部屋を片づけなくちゃ、と急いでブーツを脱ぎながら、陽子に電話をかけようとiPhoneを手に取った。暗い玄関の中でポツンと明るく光る画面には、「仕事が押しているから2時間くらい遅れます」という陽子からのメッセージが浮き出ていた。

ため息がこぼれてしまう。今は、ひとりでいたくなかったのに…。私はツイッターを開き、「帰宅なう」と、誰に宛《あ》てたでもないどうでもいい独り言を送信した。誰かに、私は今、家に帰ったよ、ということを知ってほしかった。でも、ツイッターを開くと同時に、彼からのダイレクトメッセージがやはりきていなかったことも確認してしまった私は、真っ暗な玄関の中で、余計にひとりぼっちを感じて思わずうずくまった。

成功するため
がむしゃらに
走っているあいだに
しあわせ、
通り過ぎちゃったら
どうしようって時々
ものすごく怖くなる。

だって、仕事で成功することで手に入れたいのは、しあわせなのに。このまま走り続けたこの先に、私が求めているしあわせは、本当に存在しているのだろうか。こんな夜には、不安になってしまう。今日、見上げた空にきちんと奇跡が用意されていたように、神さまは頑張った私に、とびっきりのご褒美をちゃんと、用意してくれているのだろうか。それとも、夢という名の自己実現に没頭する、欲深い私には、愛という名の温もりを与えるつもりがないのだろうか。

孝太と別れてから、何人かの男と食事に行った。好きになれたらいいなと頭では思えた人はいたけれど、心がどうもピンとこなかった。そのうちのひとりとは、しばらくデートする関係になって、3回セックスした。でも、お互いのスケジュールが合わぬまま、どちらが傷つくことすらなく気がついたら、さっぱりキレイに終わっていた。それももう、1年も前の話だ。

私はもう一度、本気になれる男と、出会うことができるのかな。ねぇ、孝太、どう思う？　私のことを誰よりもよく知っているあなたは、どう思う？

ひとりは、寂しいよ、孝太。


「キャー！　彩、ちょっと、すごいイメチェンじゃない！」

ドアを開けるなり私を見てそう叫んだ陽子に、私は「あぁ」と自分の髪を触ってみせた。そっか、陽子と会うの、久しぶりなんだ。数か月前に、私は長かった髪をバッサリ切ってショートカットにしたのだ。

「似合ってる似合ってる」と連呼しながらブーツを脱いで部屋にあがった陽子に、「なんか、いろんな流れを変えてみようかなって思い立って、切ったんだけどさぁ」と私は言った。

「なんか、余計に男ウケ悪くなっちゃったっていう」

「アハハ。確かに、それはそうだわ」

「言ってくれるじゃないの」と笑いながら、私は冷凍庫からシャンパンを取り出した。

「キンッキンに冷えてる。絶対うまいよー。もうさ、陽子が遅いから、先に飲んじゃおうかなって魔がさしそうになってたんだけど、待っててよかった。実はさ、ついさっき、私にも祝うべきことができちゃって」

そこまで言ってから、思わせぶりに、私は黙った。胸に込み上げてきた喜びが、口からククくとこぼれ落ちる。「ちょっと！　なに？　その気持ち悪い笑いは？」。陽子はソファの背もたれに身を乗り出すようにして振り返り、シャンパンのコルクを抜いている私に体を向けた。

「もしかして、カレシできた？」

スポンッとキモチイイ音を立てて、コルクが抜けた。冷蔵庫で冷やしておいたグラスをふたつ、取り出して、シャンパンを注いでひとつを陽子に差し出した。

「もっとイイこと。もっとドキドキすること」

本心だった。男がいないことに、拭《ぬぐ》い去れないほどの孤独を感じていたのはつい数時間前のことなのに、たった一本の仕事の電話が、私のテンションをどん底から頂点にまで、一気に引き上げた。気になる男からの返信なんてどうでもよくなるくらい、新しい仕事の依頼は、思いっきり私を興奮させた。

「ちょっとなに？　早く教えなさいよ」と私を急《せ》かす陽子の目がキラキラしていることが、私を余計に嬉しくさせる。

「ほんとこれ30分くらい前の話なんだけど、編集者から電話があって、パリ出張が決まったの。この前、一緒に仕事したモデルさんの写真集なんだけど、すべてのスタイリングを任せたいって。モデルさんから、ご指名、もらっちゃったみたい！」

陽子にモデルの名前を告げると、陽子は「すごい！　すごいっ！」と叫びながらソファから立ち上がり、その拍子にシャンパンがパシャリと床にこぼれた。「ちょっとバカッ」なんて言ってしゃがみ込み、ティッシュで床を拭《ふ》きながらも内心は、私の仕事を、そんな風に同じテンションで喜んでくれる親友がいることに、心から感動してしまっていた。

私は立ち上がり、グラスを持ち上げた。

「陽子、サロンのオープン、本当におめでとう」

「ありがとう。じゃあ、私のサロンと、彩のパリに、」

「乾杯」

カランッとグラスを合わせ、お互いのステップアップに共に胸を熱くしながら口にした、冷たいシャンパンは、涙が出そうになるくらい美味《おい》しかった。ここまでくる過程で何度となく痛めてきた胸に、スーッと染みていっては、ポーッと体を火照《ほて》らす。その感じがたまらなくキモチよく、私たちはすぐにボトルを空にした。

夢はこれまで、私から何かを奪うばかりだったけれど、夢は遂に私に、いろいろなものを与え始めてくれている。夢が、折り返し地点を、ついに越えた。そう思えることが、今の私のすべてだった。

ビールの空き缶がテーブルの上にいくつか並んだ頃、私はソファに寝ころんでいる陽子の前にしゃがみ込み、携帯を取り出した。ほんのりと酔いながらも妙に冷静に、孝太からのメールを読むなら今しかないと思ったからだ。

　何度も指でスクロールしながら、息もつかずに一気に読んだ。そして黙って、孝太からのメールが表示されている携帯を、そのまま陽子に差し出した。


『突然、メールなんてしてごめんね。このメアドももう使ってないかもしれないけど、それでもいいやって思って書いてます。俺、ずっと彩を見てきて、なんでそんなに頑張れるんだろうって思ってた。でもいつも、もしかしてって思ってたことがある。彩は、がむしゃらに夢を追うことで、産んでやれなかった子供の分まで生きようとしているんじゃないかって。その前から彩は自分の将来について真面目に考えるタイプだったけど、あのことがあってからの彩は、変わったよ。だから、別れる時、彩に子供のことを言われて、やっぱりそうだったんだって思ってハッとした。

　俺も、社会に出てから気づいたよ。彩に言われ続けてきたことの意味と、それを無視してきた俺のツケ。それを俺は今すごく感じてる。でも、俺は俺なりの人生、これから本気で生きたいと思う。あの時、ふたりでした決断にせめてもの意味をもたせるためにも、逃げずに、これから向き合っていくつもりだよ。彩、君の世界で、思いっきり輝いてね。俺も、負けねぇよ！』


　真剣な眼差しで文章を追っていた陽子の目が止まるのを待ってから、「ねぇ」と呼びかけた。

「最後の言葉、いらなくね？」

　そう言ったら、なんか泣けてきた。涙までは出ないけど、心がなんか、泣けてきた。私の言葉にアハハ、とウケてくれた陽子に、救われる思いだった。

　このメールが届くか分からずに書いている、なんて前置きをしながらも、私に読まれることを十分に意識して書かれたこのメールは、本当に孝太らしいもので、懐かしい愛《いと》おしさに、私も笑えてくる。ヘタレのくせに、カッコつけ。そんなところも含めて、私は孝太が大好きだった。

「ねぇ、陽子、私、あんなことがあってから、本当に、夢に対してがむしゃらになったの。申し訳なかったと思えば思うほど、頑張らなきゃって突っ走った」

　そう言いながら携帯をパタリと閉じて、私はテーブルに両腕をのせてそこに顔を伏した。飲みかけの缶ビールがひとつ、ゴロンと音を立てて床に転がった。床にダラリとだらしなくこぼれた、炭酸の抜けた液体を見つめながら、私は続けた。

「でもさ、それって結局は、この仕事で成功して、有名になりたい、お金持ちになりたい、ぜんぶ自分じゃん。エゴじゃん？　今回決まったパリでの写真集だって、もちろんめっちゃくちゃ嬉しいけど、それって結局は、自分を喜ばすために自分がこれまで頑張ってきたってことでしょ？　それって、そんなに誇れることかな？　たまに、分からなくなることがある」

　ただひと言、「生きるって所詮《しょせん》エゴなんだと思うよ」と言った陽子に、ううん違う、と私は首を横に振った。

「そんなことない。自分勝手な野望なんかに燃えることなく、高望みすることなく、地に足をつけて、好きな男と結婚して子供育ててっていう、幸せを選ぶことができる女もいるじゃない」

　たとえば、エミリ…。

「そういう女が、私、心底ムカつく」

頭に浮かんでいるエミリに言葉を叩《たた》きつけるような気持ちで、私は言った。そして、床に転がっていた缶ビールを拾ってテーブルの上に置いてから、顔をあげて、陽子を見た。

「だって、正直、うらやましい…」

酔っているのかな。気持ち悪いほどに素直な言葉が口から飛び出したことに、自分で戸惑ってしまった。

「私は別に、いいと思うけどね。人それぞれ欲しいものは違うからさぁ」

なんとなくばつの悪い気持ちになって、そう言った陽子から目線を逸してしまった。

「でも、まぁ、そっか…」

それに気づいた陽子が、独り言のようにつぶやいた。そういうタイプの女にカレシ取られたら、そんな風にノンキなことは言ってられなくなるか、と言葉には出さずに思っているようだった。だから私も、「うん」とだけ答えて、最後のビールをちびちびすすった。

「でもさ、同じだよ」

しばらく黙っていた陽子が言った。

「好きな男と結婚して子供産みたいっていうのも、エゴっていうか本能っていうか、さ。結局はどちらにしたって、自分がしたいことをしてるだけ。それに、そういうタイプのコだって、うちらみたいなタイプのコに敵意をもっていたりもするじゃない？　そこも同じで、お互いないものねだりなだけなんじゃないかな。その時点で、やっぱり結局は、同類。同じ女だなーって思うよね」

「でもさ、一方で、ぜんぶ手に入れている女も、いるじゃん?」

私が言うと、「たとえば誰よ?」と陽子がすかさず聞いてきた。うーん、たとえば、「佐藤英里とか」。ファッション業界の中で私が最も憧《あこが》れているヒトの名前をあげると、「誰よ、それ?」。陽子の反応に驚いて、私は思わず目を見開いた。

佐藤英里は、超有名ファッション誌の敏腕編集長だ。50代で、結婚もしていて、子供もふたり育てている。私の業界の中には、彼女の名と実績を、知らない者などいない。

「えっ? ウソ、知らないの?」なんて言いながらも、陽子と私が、まったく違う業界にいるという実感に、私は興奮していた。無意識の内にも常にピンと張っている警戒心のようなものが、スッとおりたのを感じた途端、気になっている男のことを、陽子に話したくて仕方なくなった。


彼について、初めて喋《しゃべ》り始めたら、止まらなくなった。

彼はDJで、ツイッターを通して、数か月前から時々連絡を取り合うようになったこと。といっても実は、2年前の師匠の誕生日会の時に一度だけ会ったことがあって、でも彼は絶対に私のことなんて覚えていないと思っていたのに、アシスタントのひとりだった私の名前と、その夜、私が履いていたピンクのパンプスまで、彼が覚えていてくれたこと。彼に対して舞いあがってしまう気持ちを抑えるのに、今も苦労していること。

そして、最後に彼の名前を言うと、「あぁ、有名だよね」と陽子が言った。はぁ、と大きなため息が私の口から思わず漏れた。彼をまた、遠くに感じたからだ。

「期待なんてしてないよ。ただ、久しぶりにドキドキしちゃったっていうだけ」

自分に言い聞かせるようにしてそう言ったけど、それが私の本心じゃないってことを、陽子はもちろん知っている。

「ま、いいじゃない。そこまでのキャリアがある人なら、さすがの彩でも、追い越すまでにはあと10年かかる。だから10年は、もつんじゃない？」

私を買いかぶりすぎた、でも憎らしくもある台詞《せりふ》に、「バーカ」と笑って、陽子を見た。大好きだって、改めて思った。陽子がいてくれることに、私がどんなに救われていることか。

「ねぇ、陽子、結婚とか、しちゃうの？」

陽子がいなくなったらどうしようと、急に寂しくなって聞いた私に、「突然なによ」と言いながらも、陽子はまんざらでもないような顔をして笑った。陽子は、半年前に出会った男と、先月から一緒に暮らし始めたのだ。

「今は、サロンのことで頭いっぱいだし、まだまだ、でしょう」

「そっかぁ」と答えながらも、陽子のその言葉に、安心したのか不安になったのか、自分でもよく分からなかった。あとひと口分くらいはあるだろうと口をつけたが、空だった。ビールの空き缶をコンビニのビニール袋の中にまとめてから、私は床に寝っ転がってタバコに火をつけた。

「タバコやめなよ、肌に悪いよー」と、すっかり美容家の口調で私を諭してから、「でも、30代半ばくらいでは結婚して、40前に子供も欲しいなぁ」と、さっきの話題に戻って、陽子が言った。

「私は、正直あんまりピンとこないの。子供とか…」

悪いことを言っているわけではないのに、つい声が、小さくなってしまった。でも、すぐに、

「あー、それもまた男ウケ悪いよー」と笑った陽子につられて、私も笑った。

「私さ、この安いビールとタバコと、どうしようもなく高価でゴージャスな、ファッションの世界、その両極端なふたつが好きなの。どっちにも、子供って、どうもリンクしないっていうか…」

「じゃあ、今、しあわせじゃん！」と言った陽子に「あっ、本当だ」と答えながらも、私は床にベタッと張りつくようにしてうなだれた。

「でも、やっぱ、男は必要だなー。男と、本気で愛し合いたいよー」

「ちょっとぉ、床、抱きしめないでくれる？　もう、彩、酔ってるの？」

陽子の温かな笑い声と、凍るように冷えた床が、うん、酒で火照った体に心地よい。でも、本当はそんなに、酔ってなんかいない。もう一度誰かと、本気で愛し合いたいって、心の底から思ってる。その誰かが、彼だったらいいなって、まだちょっぴり期待、しちゃってる。

「孝太に、返事するの？」

帰り際に、ドアを押し開けながら、陽子が聞いた。声が、雨の音にかき消されてしまいそうだった。いつの間にか雨はまた、とても激しく降り始めていたようだった。

「しないよ。あいつに対して本気な女を、もう本気じゃない私が、悲しませちゃいけないって思う」

バシバシとマンションの壁を叩きつけている、雨の音に負けないように声を出して、私はハッキリと答えた。

「よっ！　どこをとっても、男前っ！」

すっかり酔っ払った陽子はそう言って、キャラにもなく私に抱きついてきた。

これからも、仲良くしてね。忙しすぎて私、女友達って呼べる友達、あんたしか残ってないんだ。

そんなこと、恥ずかしすぎて口にはできなかったけど、陽子に抱きつかれながら、私はそう思っていた。


シャワーを浴びて化粧を落とし、2日ぶりにコンタクトを取った。早く寝なきゃと思いながらも、ベッドの横のサイドテーブルの上で充電中の iPhone に手を伸ばして、ツイッターを開く。すっかりツイッターに依存してしまっている自分にあきれながらも、よく見えない画面を顔に近づけて、小さな文字を追うため目を細めた。

パッと画面にあらわれた彼のアイコンに、スクロールしていた指が、ピタリと止まる。


『お疲れさま RT @ayainheels 帰宅なう』


今、どこかにいる彼が、さっき、ひとりで暗い玄関に立っていた私に向かって、つぶやいた。信じられなかった。それくらい、嬉しかった。『お疲れさま』。心の中で、発音してみた。彼が発した、それだけで、今日も現場で誰と何度言い合ったか分からない、働く私たちが日々、その意味をすり減らすように使い込んでいるただの挨拶《あいさつ》が、魔法に変わった。

今、どこかにいる彼と、今、もっとつながりたくて、早く、しないと彼が画面から目を逸《そ》してしまいそうで、早く何か、と焦ってしまった。すると、頭に言葉が思い浮かぶよりも先に、彼が私だけに宛てた、ダイレクトメッセージが届いた。

『返事おくれてごめんね。ウソだと思われたらイヤだから、エイプリルフールが終わるのを待ってたんだけど、それもウソっぽく聞こえてしまうかな？（笑）。本当なんだけどね。で、ここからが本題ですが、月末あたり、飯でもどうですか？ 会いたいです』

ドクドクと、高鳴ってゆく胸の鼓動の鎮め方が、もう分からなかった。遊びなのかもしれない、とどんなに疑おうと思ってみても、本気で受け取らずには、いられなかった。

早く、月末になればいい。早く、会いたくてたまらなくなった。かくかもしれない恥も、流れるかもしれない噂も、負うかもしれない傷も、頭で何をどう考えてみても、もう何も、この胸に宿った火照った想いを、止めることはできないや。

私はベッドから出て、バッグから手帳を引っ張り出した。仕事のスケジュールで真っ黒に埋まった今月のカレンダーを広げて、黒いペンで、月末の1週間をグルリと大きく丸で囲んだ。

何を、着て会おう。デート服というテーマで30コーデも組んだ後なのに、彼と会う時に何を着ていけばいいのか、さっぱり思いつきもしない自分が、なんだかおかしかった。

それからゆっくりと、次のページをめくり、まだまだらなカレンダーの中に、新しい仕事のスケジュールをサッと書きこんだ。『パリ出張』。まるで、そんな予定を入れることに慣れているかのように、わざと一気に走り書きしてしまった文字が、紙の上で斜めに踊っていた。そんな自分がくすぐったくなって、私は手帳を閉じ、iPhone を手に、ベッドにもぐり込んだ。

真っ暗な部屋の中で、液晶画面の白い光が、私を照らす。『会いたいです』。目を細め、何度読んでも、自然と笑みがこぼれてしまう。今はまだ、彼に知られては困ってしまうほどの喜びが、枕《まくら》の上にひっそりと、止めどなくこぼれ落ちる。

完

あとがきにかえて

「お嫁さん」になることを夢見る女と、「嫁」という言葉にすら怒りを感じる女。家の中にいたいと願う女と、家の外に出たいと思う女。男を立てる、古風で家庭的な女と、男と張り合う、今時のキャリア志向の女。すぐ泣く女と、泣けない女。ブリッコだと叩《たた》かれる女と、可愛《かわい》げがないと叩かれる女。

エミリと彩。ふたりは対極のようでいてふたりとも、必死になってこの社会の中に、自分の居場所を探している。何が自分を満たすのか。何を自分は求めているのか。何が自分にとっての「しあわせ」なのか。何度も繰り返し自問しては、答えを探し、そのたび揺れる。

「女の生き方」がどんどん多様化してゆく現代において、新旧の価値観が混ざり合えば合うほど、人生の選択肢が増えれば増えるほど、女の心はグラグラ揺れる。女が揺れれば、男も揺れる。いろんなタイプの女の出現に、とまどっているのは、男も同じ。

孝太。好きな女に、カッコいいところを見せたいと願う、健気《けなげ》な〝男気〟が空回っては、自信をなくしてゆく。そんな彼もまた、ふたりの女のあいだで揺れながらも一番は、自分の人生の中にまだ、誇れるものを見つけられないことに焦っている。

20代。男とは、女とは、恋とは、愛とは、仕事とは、そして、「しあわせ」とは…？　答えのない、ものだから、考えても分からない、ことだけど、エンドレスに考え続けずには、いられない。私はどんなヒトで、何を一番に、求めているんだろう。

私は、エミリなのか彩なのか。

2005年、24歳になったばかりの秋に、『HONEY girl』という雑誌で、この小説を書き始めた。当時は、私と同じタイプの彩と、私とは正反対のエミリ。そういうつもりで、書いていた。

その後、雑誌の休刊と共に連載はいったん打ち切られ、2008年の春に、小学館の女性誌総合サイト『FAnet』にて、物語の設定はそのままに、タイトルを変え、全篇《ぜんぺん》すべて、もう一度新たに書き始めた。

1年半の連載期間中に、私は妊娠し、息子を出産。初めての出産を経てすぐに始まった、育児＋仕事の日々。そんな中で、私はまた、大きく揺れた。1秒たりとも、息子と離れたくなくて、保育園の説明を聞くだけで泣けてしまって、私は生まれて初めて、専業主婦に、ものすごく憧《あこが》れた。

私の中に、エミリがいた。

でも、この小説の連載を含めて、この仕事は私の現在進行形の夢であり情熱で、1か月の産休と1か月の入院休み（産後、無理して倒れました）は挟んだものの、2010年の秋、こうしてこの作品が、一冊の本になる。私の中の彩が今、キャアッと歓声をあげている。

私は、エミリを心の中に飼う彩なのかもしれない。今はそう、思っている。


これから。

エミリも彩も孝太も私も、そしてあなたも、それぞれの道を歩いてゆく。人生は、続いてゆく。

自分の頭を悩まして、そのたびにグラリと心を揺らし、それでもひとつずつ進むべき道を選択し、決断し、自分の足で、歩いてゆく。最後の最後の〝ハッピーエンド〟を、きっと、迎えるその日まで…。

『FAnet』編集長の槙田さん、担当編集者であり連載中もずっと私を支え続けてくれた、鬼澤美佳ちゃん(結婚おめでとう!)、本当にお世話になりました。これからもよろしくお願いします。ナオミ・レモンさん、表紙のラフがあがってきた時点で、カワイすぎて倒れるかと思いました。本当に、感謝感激です。藤崎キョーコちゃん、まいどオシャレな装丁デザインを、今回もどうもどうも、ありがとう。スタイリストの仕事内容についての取材をさせてくれた、みっちゃんこと山脇道子ちゃん、ありがとうね。

『HONEY girl』での連載時にお世話になった工藤さんにも、心からのお礼を。まだ無名だった私に小説の連載をもたせてくださったこと、とても感謝しています。あの時、ものすごく嬉《うれ》しかった。

連載中ずっと、更新される月曜日を楽しみに、この作品を読み続けてくださっていた読者の方々。こうして本を手に持って、最後のページまで私の文章を読んでくださっている、あなたに、心からの、「ありがとう」をおくります。

PS　週末の育児担当…夫に、愛を。この作品にどっぷりと浸ることができた貴重な執筆時間を、ありがと。

0歳の息子への愛に溺《おぼ》れる、28歳の秋に。

LiLy

2010年9月12日

この作品は、２００９年４月から２０１０年８月まで小学館女性誌総合サイト『FAnet』に掲載された同名小説に大幅な加筆修正を加えたものです。

これは架空の物語です。この物語に登場する個人・団体・自治体等は、すべてフィクションとして脚色されたものであり、現実ではありません。

LiLy
1981年生まれ。NY、フロリダでのアメリカ生活を経て、上智大学外国語学部卒業。著書には小説『11センチのピンヒール』『パープルレイン』『グリーンライト』『空とシュウ』(ともに小学館)、20代女性独特の恋愛観、セックス観を描いたエッセイ『さいごのおとこ』『タバコ片手におとこのはなし』(ともに講談社)など多数。
www.lilylilylily.com

こぼれそうな唇

2010年11月23日　初版第1刷発行

著者　LiLy《リリー》
発行者　藤田 基予
発行所　株式会社小学館
〒101-8001　東京都千代田区一ツ橋2-3-1
電話　編集 03-3230-5553
販売 03-5281-3555
印刷所　共同印刷株式会社
製本所　牧製本印刷株式会社

※造本には十分注意しておりますが、印刷、製本など製造上の不備がございましたら「制作局コールセンター」(0120-336-340)にご連絡ください。
(電話受付は、土・日・祝日を除く9：30～17：30)

 ISBN978-4-09-386288-2